나는 자폐아다 그러므로

나는 자유로워질 것이다

나는 자폐아다 그러므로
나는 자유로워질 것이다

펴낸날 2020년 5월 8일

지은이 김근태
펴낸이 주계수 | **편집책임** 이슬기 | **꾸민이** 김소은
펴낸곳 밥북 | **출판등록** 제 2014-000085 호
주소 서울시 마포구 양화로 59 화승리버스텔 303호
전화 02-6925-0370 | **팩스** 02-6925-0380
홈페이지 www.bobbook.co.kr | **이메일** bobbook@hanmail.net

© 김근태, 2020.
ISBN 979-11-5858-663-8 (03810)

※ 이 도서의 국립중앙도서관 출판시도서목록(CIP)은 e-CIP 홈페이지(http://
www.nl.go.kr/cip)에서 이용하실 수 있습니다. (CIP 2020016721)

나는 자폐아다 그러므로
나는 자유로워질 것이다

나는 자폐아이다

그러므로

나는 자유로워질 것이다!

죽음, 그리고 창조

어느 시점인지는 모른다. 처음 어둠이 있었고 뒤이어 창조가 일어났다. 하늘이 만들어지고 땅이 만들어졌다. 그리고 식물과 동물, 마지막에 인간이 만들어졌다. 신이 생기를 불어넣자 인간이 눈을 뜬다.

눈앞에 큰 누이가 아롱거린다. 범벅된 눈물로 와락 껴안는다.

"우리 근태 살아났어!"

내 얼굴은 영문도 모른 채 누이의 가슴에 파묻힌다.

"어 어… 어 어…."

나는 더 이상 마음을 표현하지 못한다. 그때 내 나이 겨우 4살이었다.

"너는 이미 죽어부렸으라이."

무슨 말일까? 큰 누이의 말인즉, 교통사고가 났었단다. 그래서 죽었고…. 무덤에까지 들어갔다 어찌하여 다시 살아났단다. 지금은 병원에 와 있고….

큰 누이가 쌀밥에 조기 한 점을 올려 내 입에 넣어주는데 그리 맛있을 수 없다. 누이 덕에 생기를 찾는다.

그리 예쁜 누이가 백혈병인지 뭔지에 걸렸단다. 그리고 어느 달밤에 내 곁을 훌쩍 떠나가 버렸다. 그것도 시집갈 날짜 잡아둔 스물 몇 살 안 되었을 때…. 나는 그 어린 나이에 영혼결혼식을 봐야 했다.

보통 사람은 죽으면 끝이라 생각하지만 나는 다시 살아났다. 사실 죽음이란 끝이 아니라 새로운 시작이다. 4살 때, 이전의 나는 죽었지만 '새로운 나'가 다시 태어났듯이…. 그래서 세상은 여전히 끝나지 않고 시지포스[1]의 바위처럼 계속 반복되고 있다.

4살 때 다시 태어난 나는 이전의 나이기도 하지만 또 다른 나이기도 하다. 나는 마치 부활한 예수처럼 새롭게 멋지게 살기로 결심한다. 하지만… 언젠간 다시 죽을 것이고 그 죽는 순간 다시 살아날 것이다.

지금 내가 한 번 호흡하는 동안도 세상은 끊임없이 태어남과 죽음을 반복하고 있다. 도대체 이 지루함의 끝은 어디일까? 그리고 더 이상 태어남과 죽음이 없는 그 끝은 어디일까? 끝없는 태어남과 죽음 속에서 인간은 왜 무엇을 바라며 아등바등 살고 있는 걸까?

나는 이 궁금증을 풀기 위해 이 책을 쓰기로 결심했다.

---

1 올림포스의 신들을 속인 죄로 커다란 바위를 산의 정상까지 올려놓는 형벌을 받았다. 산 정상은 매우 뾰족하여 정상에 돌을 가져다 놓으면 반대로 굴러가 버린다.

목
차

_별이 된 들꽃 2020, oil on Canvas 177x146cm

1막

트라우마

。
상
처

__너는 꽃 2016, oil on Canvs 91x17cm

나는 자폐아다 그러므로 나는 자유로워질 것이다

1957년 12월 27일, 나의 영혼은 '지구'라는 시공간의 집에 초대받는다. 내 영혼은 완전히 자유로우며 기쁨과 환희에 차 있다. 마음먹은 것은 무엇이든 할 수 있고 가고 싶은 곳도 어디든 갈 수 있다. 하지만 지구라는 시공간에 들어온 순간부터 내 자유는 제한된다. 지구에 온 목적이 있기 때문이다.

내 영혼은 대기를 가로질러 대한민국 광주 농성동에 위치한 슬라브 이층집에 있는 한 육신 속으로 들어간다. 지구에 온 순간부터 자유를 제한받듯, 육신 속에서 내 영혼은 더욱더 자유를 제한받을 것이다. 하지만 지구에 온 목적을 이뤄야 하므로 나는 이를 감내하련다.

내 영혼은 육체와 합일하여 '나'로 탄생한다. 안타깝게도 그 순간부터 내 영혼의 존재 목적은 희미해져 버린다. 내 영혼이 육체와 뒤섞여 버렸기 때문이다. 이제부터 나는 오직 '나'의 체험으로 다시 내 존재 목적을 찾아내야 한다. 그 길은 실로 멀고 험할 것이다. 하지만 나는 감내하련다. 아니, 감내해내야 한다.

다행히, 나는 몇몇 사람들만 누린다는 유체이탈의 특권을 부여받았다. 육신 속에서 내 영혼은 구속되지만, 유체이탈 상태에서는 조금 떨어져 나의 삶을 자유로이 관조할 수 있다.

나는 지금 유체이탈 여행 중이다. 나의 본향과 더 가까운 지구 바깥에서 지구를 내려다본다. 지구는 아름다운 자연을 갖고 있지만 우주에서 본 지구는 하나의 옥이다. 인간들은 그곳에 갇혀 고통과 멍에의 무거운 짐을 지며 살아가고 있다. 안타깝게도 자신들이 왜 그런 삶을 살아가야 하는지 이유를 모른다. 육신을 입고 살던 나 역시 그런 인간 중 하나에 불과했다.

　나의 삶은 붉은 상처로 얼룩져 실로 고통스럽고 무거웠다. 내 영혼은 멀리 떨어져 그런 나를 바라본다. 너무 일찍 수많은 죽음을 경험해야 했으며 너무 일찍 트라우마를 가슴에 안아야 했다. 나는 왜 이런 상처와 고통의 삶을 살아야 했을까?
　이제 내 영혼은 그 이유를 밝혀내야 한다. 먼저는 내가 안고 있는

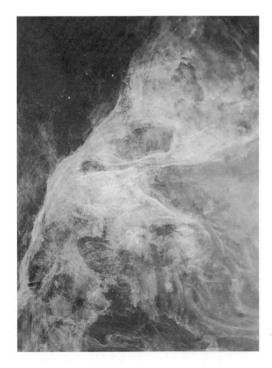

들꽃처럼+나 2020, oil on canvas 43X53cm

극한의 트라우마를 해결하기 위함이며, 궁극으로는 내 영혼이 지구에 존재하는 목적을 되찾기 위함이다.

내 영혼은 지구의 가장 북쪽 차가운 곳에 있는 시간의 집으로 초대받는다. 그 집에 인생영화관이 있다. 내 인생을 파노라마처럼 볼 수 있는 영화관이다. 내 영혼은 거기 단 하나밖에 없는 관객석에 앉는다. 이상한 것은 좌석은 하나밖에 없는데 내 옆에 또 다른 누군가가 도사리고 있다. 그는 내 영혼처럼 형체가 없어 만질 수 없지만 분명 느낌으로 존재하는 실존자다.

한 순간 지구를 흔드는 굉음과 함께 불이 꺼지면서 나의 영화가 상영되기 시작한다. 물론 내 옆에 그 실존자도 함께 있다. 아니 있음이 느껴진다.

아! 5·18

첫 장면은 광주 도청이다. 아! 광주, 5·18···. 피의 살육이 자행되고 있던 그 현장에 내가 서 있다. 나는 왜 거기 서 있는가? 내 모습은 당당하고 정의에 차 있다. 자랑스럽게도 5·18 사태수습위원 학생으로 참여하고 있다. 그러나···.

나의 눈이 퀭하니 초점을 잃은 게 마음에 걸린다. 이글거리는 눈동자는 뭔가 분노에 차 있다. 비단 계엄군의 살육에 화가 난 까닭만이 아니다. 지나온 내 삶에 대한 분노도 이글거리고 있다.

어릴 적 사랑하던 큰 누이가 백혈병으로 내 곁을 떠났다.
버팀목이었던 아버지마저 중1 때 간암으로 내 곁을 떠났다.
뒤이어 둘째, 셋째 형들도 차례로 알코올 중독으로 내 곁을 떠났다.
처음, 사랑하던 여자가 교통사고로 내 곁을 떠났다.

내 인생은 왜 이런가? 슬픈 가슴은 트라우마로 피투성이가 되었다. 그때부터 나는 이미 정상궤도를 벗어나고 있었다.
그 분노의 표출이 5·18 참여로 이어졌다. 당장 내 분노의 대상은 계엄군이었지만, 더 큰 분노의 대상은 내 가슴을 짓밟고 내 영혼을 폐허로 만든 세상이었다.

나는 총을 들고 전남도청 문을 지키고 있었다. 힘없는 시민들에게 무차별 발포한 계엄군을 무너뜨리고 점령한 도청이다. 광주 시민들을 위해서라면 목숨도 바칠 각오로 펄펄 끓어올랐다.
도청을 점령한 지 4일째 운명의 소식을 접했다. 동생이었다.

"곧 대대적인 계엄군이 들이닥친다 하지 않소, 근태형 빨리 피

하라고 하시오."

형님과 엄마까지 찾아와 나를 다그쳤다.

"나는 내 새끼 죽는 꼴 못 보지라. 여그 있으믄 그냥 개죽음당
하는 거여."

아! 엄마의 그 말에 나는 흔들리고 만다. 갑자기 죽음의 공포가
훅 밀려왔다. 그 순간 아버지의 죽음이…. 누이의 그 공포스러운
죽음이 필름처럼 스쳐 가며 소름이 끼쳤다. 동시에 내 마음도 무
너진다. 아아! 그러나 내 옆에서 눈망울을 똘망이는 저 동지들을
어떻게 배신한단 말인가.

위선! 그동안 내 마음에 철벽처럼 굳건해 보였던 정의의 본 얼
굴은 위선이었다. 결국 나는 '위선'을 선택하고 만다. 그날 밤, 총을
놔둔 채 전남도청 담을 넘었다. 당시 미술학도였던 나는 학원에서
애들을 가르치고 있었는데 바로 그 학원으로 숨어들었다.

얼마나 지났을까? 바깥에서 총성이 고요를 깨뜨리고 피맺힌 울
음소리가 요동쳤다. 드디어 계엄군 진압이 개시된 것이다. 그것은
27일 새벽 2시 극비리에 진행된 작전이었다. 아 아! 도청에서 피를
토하며 죽어 나가는 동지들의 모습이 떠올라 눈을 뜰 수 없었다. 학
원 바깥에는 배가 터져 병원으로 실려 가는 시민들이 살려 달라 아

수라장이었다. 이대로 무너질 수 없다며 참여해 달라 소리치는 시민군의 소리가 마치 나를 지목하여 부르는 것만 같았다.

그럼에도 불구하고 나는 학원 구석에 몸을 바짝 숨긴 채 그 잘난 목숨 하나 부지하려 배신과 비겁을 선택하고 있었다. 아아! 이것은 내 인생에 있어 최악의 악몽 같은 시간이 아닐 수 없었다. 도청을 지키던 시민군의 80%가 죽어 나갔다는 소식은 내 가슴을 갈기갈기 찢기에 충분했다.

영화를 보던 나는 수치심에 열이 귓불까지 달아오른다. 그때 내 옆에 있던 실존자가 말한다.

"너무 자책하지 마. 죽음 앞에서 공포를 느끼지 않을 사람이 어디 있어?"

나는 깜짝 놀라 그에게 누군지 묻는다. 그러나 그는 자신의 정체를 드러내지 않는다.

그의 위로에도 불구하고 나는 여전히 화가 치민다. 도대체 나 자신을 용납할 수 없었으므로.

방황

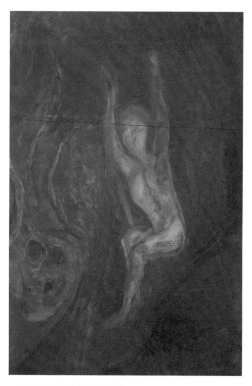

＿지적장애인이 본 지옥(부분)

그 사이 영화는 계속된다. 이후 내가 겪었던 방황의 삶이 적나라하게 펼쳐진다. 물론 내 실존자도 함께 이 영화를 지켜보고 있다.

죽음 연습

바보!

사람들은 나를 이렇게 불렀다. 자기 이익은 챙기지 못하고 늘 남에게 당하며 산다고. 아마 그건 5·18의 깊은 상처가 던져준 반작용의 결과였을 테다. 술에 절어 살았고 감당 안 되는 주사와 기행으로 사람들의 입방아에 오르내렸다. 주제를 한참 비껴간 어눌한 선문답과 사람의 심기를 뒤집어놓는 불편한 말투, 허무, 불안, 결핍, 광기가 가득 찬 일상이었다.

"저놈 언제 사람 될까나?"

한편으론 측은지심이었지만 다른 편으론 멸시와 조롱이었다. 왜 이렇게 일그러졌을까?

나는 1957년 빛고을 광주에서 5남 1녀 중 넷째로 태어났다. 당시 내 집이 있던 곳은 자연과 벚꽃들이 어우러진 경치 좋은 곳이어서 천연의 빛깔을 보며 자연스레 화폭에 담고 싶은 꿈을 꾸었다.

이웃집 여자애와 학창시절 꿈을 나누는 친구가 되었다. 떨어져 나간 내 반쪽과의 재회가 나를 설레게 했다. 그런데 대학시험을 치를 무렵 그녀가 교통사고로 내 곁을 떠나버렸다. 이미 아버지 와 누이의 죽음을 겪었던 나였기에 내 영혼의 상처는 너무 깊고 컸다. 그 뒤로 그나마 조금 남아 있던 웃음마저 다 잃어버렸다.

첫 자살을 시도했다. 그때 나는 몹시 격정적인 슬픔에 사로잡 혀 있었다. 친구의 죽음을 함께 하지 못했다는 죄책감이 너무 컸 다. 사랑하던 사람의 물리적 부재가 내 생존을 뒤흔들어 놓았다.

처음으로 그렸던 친구의 초상화는 내 마음의 영원한 판화가 되 고 말았다. 나는 편안한 마음으로 다량의 수면제를 복용했고 깊 은 죽음의 잠에 빠져들었다.

두 번째 죽음의 문턱

감정이 너무 섬세했던 탓일까? 붓을 들고 창백한 풍경을 그려봤 지만 결론은 늘 인습적인, 너무나 인습적인 화면일 뿐이었다. 그 림 이야기는 비극으로 끝나버린 무대일 뿐이었다. 그림 속 사물 은 시체로 나뒹굴고 검녹색이 무섭게 내려앉았다.

예술가의 절망! 그 끝이 어디인지는 이미 고흐 같은 선배들이 잘 알려주고 있다. 1982년 나는 다시 다량의 수면제를 복용했다. 깊은 죽음의 잠에 취했다. 깨어보니 종합병원 응급실이었다. 죽음에서 나를 살려준 그녀는, 아! 너무 닮았다. 내 마음의 영원한 판화가 되어버린 그녀! 나는 지금 내가 꿈꾸고 있는 건 아닐까, 하는 생각을 했다. 그녀는 다름 아닌 지금의 아내였다.

탈출구는 없다

내가 광주항쟁 도청 문지기를 자처했을 때 모르는 사람들은 나를 대단히 정의롭고 용기 있다고 했다. 시대의 아픔이라, 민주화를 위한 항쟁이라 했지만 나에겐 상처만 더해지는 시간일 뿐이었다.

그렇게 가장 죽고 싶었던, 죽음만이 진실이라 믿던 그때 지금의 아내가 내 곁에 다가왔다. 그때의 절망에서 벗어나 나는 자유의 날개라도 단 듯 탈출구로 결혼이란 걸 선택하게 되었다.

그러나 그건 탈출구가 아니라 새로운 죽음으로 들어가는 출입구였다. 결혼 첫날밤부터 술에 흠뻑 취한 나는 다시 죽음이라는 단어에 손을 뻗었다. 신혼여행은 곧 죽음 여행이 되고 말았다.

제주도로 가는 배를 타기 위해 들른 부산에서 빠찡고[1]에 손을 댔다. 가진 돈을 모두 잃었고 제주도엔 갈 수 없게 되었다. 한 여자의 신혼 첫날밤을 구레한 여관에서 묵게 만드는 비극을 자초했다. 더 이상의 존재 가치를 잃은 나는 여관의 욕탕에서 또다시 죽음에 손을 댔다. 아아! 나는 어떻게 구원받을 수 있을까.

질풍노도

소위 철밥통이라는 고등학교 미술 교사가 되었다. 주변에서는 좋아라 했지만 난 비정상인 놈이 정상처럼 보이는 게 싫었다. 술과 끈끈한 친구가 되었다. 퇴근하면 방석집 찾았고 돈 떨어지면 그림을 저당 잡혔다. 도박에 빠져 있을 때는 며칠씩 결근도 마다치 않았다. 내 의식에 학교 선생이라는 체면은 아예 없었다. 주사에 빠지면 실오라기 없이 가면의 옷을 모두 벗어던지고 고래고래 고함지르며 거리를 뛰어다녔다. 이 때문에 파출소 단골이 되었고 폭력 전과 12범이란 딱지를 달았다. 내 삶에 주사와 기행이 끊이질 않았다.

더 이상 학교에 몸담는 것이 부끄러웠고 의미 없었다.

---

1   파친코(일본어: パチンコ)는 일본에서 유래된 도박 게임.

"그림에만 정신을 쏟고 싶다요."

그렇게 학교에 사직서 쓰고 나왔다. 내 주사와 기행에 대해 늘 자신의 희생만을 일관해오던 아내는 이번에도 "하고 싶은 일이 그거라면⋯."이라는 말로 격려해줬다. 딸과 아들을 낳아줬고 암흑 속에서 언뜻언뜻 삶의 재미까지 안겨줬던 고마운 아내이건만, 나는 왜 그녀에게 이리도 모질게 굴어야 할까. 수많은 사람들이 내 주사와 기행을 이기지 못하고 떠났건만, 너는 왜 나를 떠나지 않는가. 나를 있는 그대로 바라봐 준 아내의 인내가 있었기에 나는 어떻게든 삶을 이어갈 수 있었다.

영화의 1막 엔딩 자막이 올라간다. 잠시 적막이 흐른다. 나는 여전히 신경이 곤두서 있다. 그때 아까 나타났던 실존자가 말을 걸어온다.

"왜 죽고 싶었나?"

정말 그때 나는 왜 죽으려 했을까? 쉬 답을 찾을 수 없다. 이게 무슨 꼴이람. 나도 모르게 헛말이 튀어나온다.

"첫사랑을 지켜줬어야 했는디 그라지 못했고⋯. 함께 한 동지들을 배신한 것도 용납할 수 없었고⋯."

나는 말꼬리를 잇지 못한다.

"자네가 왜 그녀를 지켜줘야 하지? 또 자네는 동지들을 배신한 것이 아니라 자네 목숨을 지키기 위한 최소한의 행동을 한 것이 아닌가."

그의 말을 듣고 보니 그럴듯하다. 하지만 내 양심의 울림이 일어나지 않는다.

"나는 자네가 과도한 죄의식을 느끼고 있다 생각하네. 죄의식은 세상을 비관적으로 보게 하고 정상적인 삶을 살지 못하게 만들지. 그래서 자네는 주사와 기행에 빠져 살았던 거야. 정말 자네 아내였기에 망정이지 다른 여자였다면 백 번도 도망치고 말았을 거야."

그의 말에 나는 고개를 끄덕였다. 주사와 기행에도 모자라 폭력 전과 12범인 나를 떠나지 않고 있던 아내다. 하지만 그의 말대로 내 죄의식의 상처는 너무 깊었기에 나는 아내를 생각할 겨를조차 없었다.

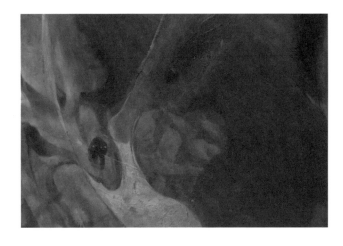

지적장애인이
본 부활(부분)

__들꽃처럼 별들처럼2(부분)

2막

탈
출

。
아!
고하
도

_굴레 1996, oil on canvas 46X53cm

나는 자폐아다 그러므로 나는 자유로워질 것이다

여전히 죄책감이 나를 짓누르는 가운데 영화 2막이 시작된다. 제목
은 '탈출'이다. 나는 다시 실존자를 의식하며 나의 영화를 지켜본다.

전업 화가

5년여 교직 생활을 끝내고 전업 화가를 선택했다. 다른 화가들
처럼 주로 풍경을 그리며 국전에 도전해 입선이라는 결과를 손에
쥐었다. 그것으로 만족할 수 없었다. 더 열심히 하면 나도 대상을
받을 수 있을 거란 허상을 꿈꾸었다. 하지만 몇 번의 실패를 겪으
며 다시금 내가 바보라는 사실을 깨닫는 데 그리 오랜 시간이 걸
리지 않았다.

대상에는 돈이 필요하단다. 제기랄 욕이 절로 튀어나왔다. 내
비록 죄책감으로 누더기가 된 양심이지만 그것만은 허락할 수 없
었다. 아니 하지 않아야 했다.

나는 예술이란 순수 그 자체여야 한다는 신앙을 갖고 있었다.
그런데 나도 모르게 때 묻은 화가의 길로 들어서고 있는 꼴이란.
비록 삶에서 타락했을지라도 예술에서조차 타락하고 싶진 않았
다. 나는 그 길로 화가로서의 성공을 포기하고 말았다.

풍경화 시절 - 넓이에서 깊이를 향한 넋두리

전업 화가에 몰두한 시간 속에서 수없이 되묻고 또 스스로 확인했다. 정태적 자연주의와 서정주의. 유한 취미, 안락한 생활에 이끌린 소재주의, 위장된 향토애…. 수많은 주위의 충고를 들어야 했다. 상대가 없는 난해한 단절이 심화할수록 진보주의인 양 자처하는 일군의 발 빠른 작가들을 보며 심적 동요가 일어났다.

대개 사람들은 책이나 스승에게서 먼저 배우고 자기 삶의 지표로 삼는다. 하지만 나는 거꾸로였다. 현실에서 먼저 부딪치고 코가 깨지고 난 다음 선배들의 삶을 관조했다. 그러면 딱 맞아떨어진다. 나는 저 사람이 고통을 느끼고 있으면 나도 고통을 느끼기 위해 옆으로 가 살을 떼어내는 사람이다. 내 삶을 수술하는 것이다. 그 점에서 나는 각도가 달랐다.

내게 있어 밥의 의미는?
내게 있어 눈물의 의미는?
내게 있어 사랑의 의미는?
내게 있어 진실의 의미는?

나의 사고는 넓이에서 깊이를 향한 넋두리로 변했다. 앞으로 펼쳐질 작업에 대해 나로 시작해 나로 끝나는 방식이 아닌 타자 중심으로 느껴보려 했다. 나로부터 시작한다 해도 타자 또는 사회적 차원으로 고양시키는 방식으로 변화 발전시키려 했다.

파리 유학

전업 화가로 나선 명목이라도 붙잡으려 했을까? 나는 파리 유학을 결심했다. 어쩌면 나의 내면 깊숙한 곳에서는 현실도피 의식이 자리하고 있었는지도 모른다.

꿈에 그리던 파리, 루브르 박물관을 관람하면서 마음 한구석으로 내 그림도 걸려 있는 상상을 잠시 해보았다. 무명의 한 인물로 남겨진다 해도 괜찮다. 그냥 고뇌를 알고 체험하는 화가이면 족하다. 그렇게 파리 그랑 슈미에르에 입학했다. 인체 데생 공부부터 다시 시작했다. 다른 것도 배우고 싶었으나 더 이상 돈이 부족했다. 1년여 동안 딱 하나 배운 것은 정형화된 어느 특정한 것만을 보여주는 모습은 아니어야 한다는 것이었다.

삶은 철학적 의미가 강하다. 죽음과 반대의 입장에 있기 때문이다. 파리에서의 삶 자체가 또 하나의 굴레였다. '굴레'의 그림을 통해 체험 비슷한 것을 느낀 생활이었다. 또 다른 사고의 궁핍을 경험했다. 심지어 지금껏 염려하던 삶의 부조리마저 납작 자세를 낮추며 소곤대고 있었다. 내면의 고립 속에서 아내의 관심과 배려도 둥글뭉수레하게 묻혀 들어가며 그림의 윤곽을 찾아가고 있었다. 견고한 선을 따라 제한적 작품을 낳아보리라 결심했다.

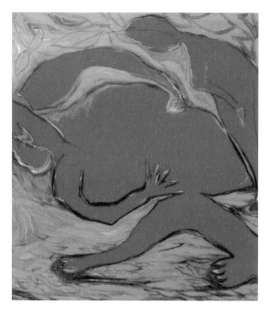

_부부 2012, oil on canvas 46X53cm

고하도 이야기

유학 후에도 나와 트라우마의 싸움은 계속됐다. 달라진 건 이전과 달리 타자에서 답을 찾으려 한다는 점이었다.

나는 답을 찾는다며 무작정 배낭을 짊어지고 인도로 떠났다. 스스로 고행한답시고 중심지가 아닌 오지만을 떠돌았다. 가장 낮은 계층인 하리잔[1]들과 뒤섞여 잠자고 밥도 먹어 보았다. 그러다 바라나시 버닝가트 화장터를 발견하였다. 그곳에서 하루 종일 죽은 자들을 지켜보기도 했다. 그러나 이 모든 체험에서도 나는 답을 찾을 수 없었다. 잠을 자면 몽환의 세계만 떠올랐다. 아침에 눈 뜨면 어김없이 허무함이 밀려왔다.

그렇게 한국으로 돌아왔을 때는 독거노인도 만났고 고아들도 만났다. 하지만 여전히 트라우마는 꿈틀대고 있었다. 그때 '고하도'라는 곳을 소개받았다. 나는 마치 물 흐르듯 뭔가에 이끌려 목포 앞바다의 작은 섬 고하도의 목포 공생재활원으로 흘러들어 갔다.

유달산 언덕에 내다보면 잔잔한 바다가 출렁이는 가운데 자그마한 고하도의 섬이 보인다. 용의 머리를 닮아 용머리라고도 불린 외딴섬 고하도!

그곳에 더불어 사는 집이라는 옥호를 지닌 공생원.

이곳은 이런저런 연유로 혼자가 된 아이들이 세상과 함께하는 곳이다. 그리고 그 아이들의 곁에는 시대와 이념을 뛰어넘은 인류애를 실천한 거지 대장 윤치호와 조선 아이들의 어머니 윤학자의 이야기가 늘 함께한다.

---

1 불가촉천민을 부르는 이름인 '달리트'(Dalit)의 다른 말 '억압받는 자', '파괴된 자', '억눌린 자' 등을 뜻한다.

그곳에 150여 명의 지적장애 아동들이 있었다. 나도 모르게 그들과 함께 생활하기 시작했다. 어느 날 한 아이가 생면부지의 나를 '아빠'라고 부르며 품으로 달려들었다. 너무도 오랜만에 느껴보는 따스함이었다. 심장박동 소리가 쿵쾅거렸다. 나도 모르게 밤새도록 '펑펑' 울었다. 나는 이들 속에서 뭔가 답을 찾을 수 있을 거란 희망에 들떴다. 그렇게 나의 고하도 행은 계속 이어졌다.

알음알음 병이 나아가고 있었다. 처음으로 남에게 관심을 두기 시작했다. 나는 이들과 함께 그림을 그려야겠다 생각했다. 입이 헤벌어진 모습으로 무릎을 정중앙에 세우고 있는 녀석이 있었는데 표정이 많이 부드러워졌다. 나의 관심이 마음의 터치로 승화된 것이라 생각되어 좋았다.

한쪽 눈을 치켜뜨며 더 위를 바라보는 또 하나의 눈이 있었다. 반쯤 입을 벌리며 중간 정도의 시선으로 허공을 바라보는 눈도 있었다. 게슴츠레 잠길 듯 상대방을 바라보는 눈도 거기 있었다. 갸름한 얼굴의 희미함 속에 조금 색다른 입을 다물고 있는 검은 눈동자도 있었다. 광대뼈가 살아 있는 사색의 얼굴도 있었다. 어눌한 말솜씨가 나와 비슷했다. 이 모두가 다 이제 막 희망으로 다가서는 열림의 세계였다. 열림이란 늘 희망적인 어휘다. 열린 미학의 느린 다가섬이 나는 좋았다.

작품 속의 측은지심이 나와 정신지체아들을 서로 이어줬는지도 모른다. 나는 완전 몰입 상태로 그들을 그리기 시작했다. 그때가 1991~1992년도쯤이다. 나의 작업 스타일은 늘 붓을 들고 마지막 단계까지 쉬지 않고 그리는 것이다.

철선을 타고 이곳을 찾아간 1992년 봄날, 아이들을 만난 첫 순간 내가 감추고 있었던 그리고 아이들이 감추고 있었던 내면이 열리며 소통할 수 있었다. 그 아이들은 바로 나 자신이었다. 아이들을 그리는 동안 벌어진 입술 사이로 침이 줄줄 흘렀지만 어떠한 인지도 어려울 만큼 몰두하였다. 고하도는 내 작업실이 되었고 그 아이들은 그림 속의 모델이었다. 내 역사의 스토리로, 예술로 고하도는 영원하리라.

얼마를 그렸을까. 나는 깜빡 잠이 들었다. 꿈속에서 재잘대던 기뚱이 녀석이 불이 났다며 놀란 눈을 부릅뜨고 있었다. 소리를 지르는 것도 같았고 답답한 표정이 역력했다, 아니 절박한 표정이었다. 너무도 생생한 꿈이어서 놀라 잠이 깼다. 놀라운 장면이 눈에 들어왔다. 실제 붉은 카펫에 불이 훨훨 타고 있었다. 담뱃불을 제대로 처리하지 않았다는 후회가 밀려왔다. 재빨리 아래층으로 내려가 물을 퍼 날랐다. 카펫은 부분부분 꺼멓게 타들어 갔지만 다행히 그림은 무사했다. 전시회를 앞둔 그림이었다. 녀석의 선몽

이 아니었다면 생각만 해도 끔찍했다. 그 순간 自他不二[2]! 가 스쳐 갔다. 이제 아이들과 나는 둘이 아니었던 것이다.

무슨 일이든 곧 일어날 것 같았다. 고착된 나의 삶에서 굴레를 벗어버릴 수 있는 기운이 감도는 것 같았다. 병이 들고 움직임이 멈칫거리는 들꽃 같은 아이들! 아마 그들에게 전생이 있었다면 별이었을 것이다. 맑은 우주의 밤을 반짝거리는 별들! 그들에게는 격렬함이 전혀 느껴지지 않는 고요가 있었다. 절망적이면서 때로는 독특한 삶의 태도를 안겨주었다. 정서적 미숙함의 미학이 있었다. 자연 속 들꽃 같은 모습이 있었다.

기품 있는 자주색 스웨터가 청초한 들꽃 같다. 보글보글 온천물이 솟아오른다. 안개는 방울이 되어 하늘로 올라간다. 어느 순간 그 물방울은 별이 되어 반짝인다. 그리고 들꽃처럼 별들처럼 여기저기에서 속삭인다. 꽃들이 되어간다. 온 누리에 별들이 태어난다. 그렇게 나는 커다란 캔버스 위에 그들의 얼굴을 그려나갔다. 나는 3년 동안 고하도를 오가며 그들의 영혼을 그려냈다.

영화 스크린이 잠시 꺼진다. 그 사이 실존자가 말을 걸어온다.

---

2 나와 남이 둘이 아니라 하나라는 뜻의 불교 용어이다.

"흠, 그렇게 지적장애인 그림을 그리게 된 거였군!"

나는 고개를 끄덕인다.

"그런데 참 이상하군. 대개 사람들은 지적장애 아동들을 보게 되면 불편한 마음을 갖게 되는데 자네는 어떻게 그 애들에게서 안정을 얻을 수 있었지?"

"나도 잘 모르겠소."

"아마도 동질감 때문이 아닐까?"

"동질감이라요?"

"인간은 무슨 문제가 터졌을 때 왜 나에게만 이런 일이 일어날까? 하는 착각에 빠지지. 남들은 다 괜찮은 것 같은데 나만 안 좋은 일이 생긴 걸 견딜 수 없는 거야. 키가 작다는 열등감을 느끼는 사람들이 키 큰 사람들 사이에서는 견딜 수 없듯이. 키가 작은 열등감을 해소하는 가장 좋은 방법은 자신처럼 키 작은 사람들 사이로 가는 거야. 그곳에서 키가 작다는 열등감은 싹 해소될 수 있잖아."

"듣고 보니 그런 것 같소."

가만히 듣고 있던 나는 고개를 주억거리며 말했다.

"맞아요. 그때 나는 여러 상처들 땜시 심각한 우울증과 공황장애, 정신분열이라는 장애를 앓고 있었어요. 나 역시 진단만 받지 않았을 뿐이

지 함께 장애인이었던 거지라우. 그런데 고하도의 장애아들을 보는 순
간 나 같은 애들이 여기 많이 있구나, 하는 동질감을 느꼈던 것 같소."

__지적장애인이 본 천국(일부)

지적장애인 이야기가 나오자 나도 모르게 맑은 생각들이 쏟아져
나온다.

"지적장애인들을 가만히 살펴보면 죄나 악이 없어요. 그저 모든
게 착할 뿐이지요. 죄와 악에 물든 정상인에게서는 볼 수 없는 부분

_들꽃처럼 별들처럼2(부분)

이오. 그들은 보는 대로 느끼고 느끼는 대로 행동해. 거짓말을 하지 않아요. 사람의 감정은 냄새와 색깔을 가지고 있어요. 나는 눈에 보이는 형체와 색을 과감하게 버리고 마음을 그리는 화가가 되고 싶었어요. 그런 면에서 이 아이들이야말로 내 자화상이 되어 주었소. 그 힘든 시기에 아이러니하게도 나는 이 아이들을 그림으로써 드디어 기댈 곳이 생긴 셈이지라."

나는 장애아 이야기에 흥분에 들뜬 나머지 노래까지 부른다. 나의 장애인 친구 이대우 시인이 작사하고 작곡가이기도 한 유종화 시인이 곡을 붙인 '김근태 화백은'이라는 노래다.

'김근태 화백은'

〈작사: 이대우 작곡: 유종화〉

눈으로 볼 수 없는 것 마음으로 보게 하고
귀로 들을 수 없는 걸 가슴으로 듣게 하고
못나고 천한 것에 아름다움을 실어
없어진 것들에 희망이 보이게 하네

눈으로 볼 수 없는 것 마음으로 보게 하고
귀로 들을 수 없는 걸 마음으로 느끼게 하네
말하고 싶어 하는 걸 느낌으로 말하게 하고
보이지 않는 눈물도 사랑으로 보이게 하네

"가슴이 뭉클한 노래군."

"맞소. 이 노래를 만든 이대우는 내 친구지라. 그는 사지를 움직이지도, 말도 하지 못해 입에 막대기를 물고 컴퓨터 자판을 두드려 시를 써요. 처음 그 모습을 보고 감동 먹었소. 나보다 더 장애인 같은 그의 모습이 안타깝기도 하고…. 그래서 우리는 기꺼이 친구가 될 수 있었소."

그렇게 내가 감상에 젖어 있을 때 실존자가 갑자기 내 정신을 흔드는 말을 던진다.

"장애아들을 통해 마음의 안정을 찾은 건 좋은 일이야, 하지만 그것만으로 자네의 트라우마가 모두 해결됐다 할 수 있을까?"

"네? 그게 무슨 말이여요?"

내가 놀란 눈으로 그를 보려는 사이 다시 불빛이 비치며 영화가 상영되기 시작한다.

_이렇게 아름다울 수가 있는가! 1996, oil on Canvas 160.2x130.3cm

외딴섬

이번 영화 시퀀스의 제목은 〈외딴섬〉이다.

첫 전시회

예술에서 답을 찾기 위한 나의 방황은 공동체 생활로 이어졌
다. 어느 날 나는 후배 화가들을 데리고 영암군으로 건너가 폐교
를 임대했다. 거기서 달오름이란 미술인공동체를 만들었다. 함께
점심거리를 마련하며 삶의 참맛을 음미했다. 영산강 하류에서 잡
아 올린 참붕어찜은 일품이었다. 갓 뜯어온 상추와 풋고추로 마
련한 쌈밥은 또 어떻고.

그렇게 우리는 지루한 줄 모르고 그림 그리기에 몰두했다. 가까
운 곳에서 먼 곳까지 매일매일 스케치를 나갔다. 합동 스케치는
회원들의 친밀감을 높여주기에 충분했다. 아침부터 저녁까지 붓

을 쥐고 휘저으며 작품의 영역을 넓히는 데 온 힘을 기울였다.

이제 전시회를 해야 하는데, 주위에는 미술관이 없었다. 폐교
의 숙직실을 개조하여 전시장으로 바꾸는 공사를 했다. 마치 커
다란 창작품을 보는 것 같은 뿌듯함이 밀려왔다. 그렇게 회원의
주변 분들을 초대하여 첫 전시회를 열었다. 반응은 매우 좋았다.
지금 사정이 좋지 못했던 우리는 그분들의 관심과 격려로 그나마
달오름을 하늘 중천에 올려놓을 수 있었다. 첫 전시회의 추억은
그렇게 좋은 기억으로 남았다.

이어진 조각

한 장소에서 공동생활을 하던 아우들이 서서히 그림 그리기를
게을리 했다. 가족 같은 그들이었건만 조그마한 이익에 차츰 눈
뜨기 시작했다. 작업실은 어느덧 밤낮으로 행사에 쫓기는 공간으
로 돌변했다. 편하게 얻은 이윤이 가시화되고 있었다. 그들 속에
서 자연인의 소박함과 절박함은 이제 찾아보기 힘들었다. 진정한
그림을 그리겠다는 나의 꿈은 멀어져간 느낌이었다.

소박한 삶도 이루지 못하다니⋯. 절망과 공허함에 또 한 번 가
슴앓이로 몇 달을 살아야 했다. 자유를 갈구하며 만들었던 달오

름이 구속으로 옥죄어 왔다. 나는 그것을 견디지 못한 채 달오름을 떠나 집으로 돌아왔다.

작업실이 필요해 아내에게 벽돌집을 허물자 제안했다. 아내는 커피숍을 조건으로 내걸었다. 경제적 책임감에 무딘 남편을 향한 경제적 자유를 갈망하는 예술가 아내의 착상이었다. 하지만 나는 아내의 제안을 받아들일 수 없었다. 예술가로서 나 역시 예술 그 자체를 할 것인가, 아니면 팔아먹을 것인가로 많은 고민을 했다. 하지만 나는 예술을 팔아먹는 것은 내 살아온 삶을 더럽히는 것이라 결론지었다. 고지식하다 할 수 있지만, 나는 이 부분에서 자유로웠다. 굶어 죽어도 나는 나에게 주어진 임무, 내가 하고 싶은 것을 해야 했다. 그런 가치가 세워져 있었기에 나는 비록 아내에게 모질지라도 내 길을 걸어가야 했다.

결국, 공간만 개조하는 것으로 결론지었다. 내 뜻을 받아준 아내와 아이들이 고마웠다.

아내의 꿈은 텃밭 있는 햇살 가득한 정원에서 남편은 그림 그리고 자신은 글 쓰는 작가로 살아가는 것이었다. 그런 아내를 냉정히 외면해버린 나는 나쁜, 아주 나쁜 남편이 되었다. 그 아내에게 보답하는 길은 진실한 작품밖에 없었다.

나는 예술가의 삶을 선택했다. 이제 일련의 그림들을 꿈꾸며 '들꽃처럼 별들처럼'을 이어나가야 했다.

한쪽 눈의 실명

코발트 빛을 복제하고 나선 듯한 어느 가을날, 눈이 푸르게 염색되는 순간인 줄 알았다. 내 손으로 3개월 넘게 지었던 2층 양옥집이었다. 그 속에서 나는 밤새도록 착상이 떠오르지 않아 애먹고 있었다. 길이 막혀 보였다. 더 이상은 떠오르지 않았다. 진한 슬픔이 극도로 밀려왔다. 무거운 분위기가 가슴을 짓눌렀다.

그리고! 쾅 소리와 함께 나는 정신을 잃었다. 다시 정신을 차렸을 때 자동차는 우리 집 대문을 들어서지 못한 채 이웃집 담벼락을 깡그리 받은 상태였다. 오른쪽 눈에 불꽃이 튀었다. 동시에 칼로 살을 에는 듯한 통증이 뒤따랐다. 생후 가장 길고 아픈 순간이었다. 그 사이에도 작품을 향한 나의 고뇌는 사그라질 줄 몰랐다. 가물거린 눈앞에 희미한 얼굴이 아른거렸다. 그리고 귓가에 가늘게 생의 소리가 들려왔다.

"아직 살아 있는 거죠?"

그렇게 나는 한쪽 눈은 내면을 보는 눈으로 한쪽 눈은 외부를 보는 눈으로 되었다.

돌아서는 군상들

전업 화가로 들어서며 예술가의 삶만을 추구한다는 것은 쉽지 않은 내 고집이었다. 얼마 지나지 않아 나는 이 삶이 현실의 벽과 심하게 충돌하는 것을 느꼈다. 우울함이 밀려왔다. 어정쩡한 그림들이 인간의 의지력을 보기 좋게 허물어 놓았다.

그렇게 나는 그림을 뒤로 한 채 점점 정의의 이름을 가장한 권력에 물들어갔다. 나는 당시 영향력 있던 평론가의 오른팔이 되었다. 민족예술, 민족작가회의도 만들었다. 목포 민예총도 만들었다. 나는 정의로운 체 우리의 색깔을 찾자는 운동을 펼쳤다.

그 사이 민예총이 해체 위기에 몰려 있을 때는 재건운동에 앞장섰다. 그렇게 목포 민예총 지부장을 마지막으로 조직을 해체해 버렸다. 나는 이제부터 조직은 그만한다. 그렇게 조직과 절교를 선언했다.

외딴섬

여러 곳의 장애아 시설을 돌아보기 시작했다. 나의 행동은 그들과 함께 먹고 같이 잠자며 좀 더 가까이에서 호흡하고 싶은 열망에서 시작되었다. 그들의 감각이 곧 나의 미학이었다.

나의 그림 안에 그들의 무구한 눈동자가 하나씩 맺혀나갔다. 가슴속에 꿈틀거리는 또 하나의 법칙이 소리 없는 움직임을 가져왔다. 나는 그들에게 몰두했고 땀과 인내, 성실로 표현하고자 부단한 열정을 쏟았다. 그것은 스스로에게 부여하는 사명감의 암시 같은 것이었다.

열병을 앓듯 거대한 캔버스 앞에서 줄곧 쌓고 부수고 하는 작업이 끊임없이 계속되었다. 어떤 심리학자는 우리의 자아개념 형성에 큰 영향을 미친 인물을 '중요한 타인'이라고 얘기한 바 있다. 장애아는 나에게 있어 가장 중요한 타인이자 나 자신임을 깨달았다.

그들과 함께 한 고하도의 체험이 실제로 투명한 영향력을 발휘하게 했는지도 모른다. 과거로부터 자주 다쳤던 정신적 상처가 나로 하여금 정박아[3]의 그림 세계를 펼치게 했는지도 모른다. 그들의 천성이 한없이 맑게 비쳤고 무구한 생각들이 나를 붙잡았다. 정박아만 그리는 그림쟁이로 고립되어 갔다.

"자네 그림을 누가 집구석에 걸고 싶어 하겠나."

선배들의 애정 어린 충고에 삿대질이 절로 튀어나왔다. 멱살잡

---

3 '정신박약아('지적장애아'를 낮잡아 이르는 말)'를 줄여 이르는 말.

이로까지 발전되었다. 그들에게서 나는 현실과 동떨어진 정박아로 인식돼 있었다. 나는 서양화 하면 떠오르는 보편성에 절어 있는 그들이 되려 뒤틀렸다고 생각했다. 그림을 그리며 한 번도 상품으로 생각해본 적이 없었다. 그런데 상품성으로 내 그림 속 소중한 아이들을 때 묻히다니!

현실과는 동떨어진 외딴섬에 살고 있었지만 행복했다. 아이들을 그리는 삶에서 희열과 행복을 맛보았다.

들꽃처럼 별들처럼 - 전시회

인간 실존의 깨달음에 간 곳이 고하도였고 3년을 머물며 아이들을 그렸다. "왜 그런 그림을 그리냐"는 핀잔에 흔들려 인도 방랑을 떠났고 돌아온 후 폐교 공동체도 해보았다. 돌아보면 이 모든 것이 도피처를 찾기 위한 몸부림이었을까?

3년 만에 다시 세상에 나와 장애아를 본격적으로 그리기 시작했다. 장애아는 곧 나였고 나의 자화상이기도 했다. 그들에게서 아주 높은 영적 수준을 느꼈다.

'미천한 내가 표현할 수 있을까?'

두려움이 꿈틀거렸다. 욕심이 났고 바꾸고 지우기를 반복했다. 도저히 완성시킬 수 없을 것 같아 새벽마다 울부짖었다. 꿈에 흰색 옷 입은 천사 같은 존재가 나타나 내 작업실을 내려다봤다. 영암 월출산 바위가 빛에 반짝반짝 눈이 부셨다, 그리고 내 작업실을 비추면서 잠에서 깨었다. 선명한 빛은 나의 마음을 사로잡아 그렸던 그림이 빛이 나게 환히 변해갔다. 이후 모든 색이 반짝반짝 빛나고 환해졌다.

들꽃, 별 등의 상징어가 떠올랐다. 장미꽃처럼 화려하지 않아 몰두해야만 볼 수 있는 들꽃, 낮이 아닌 밤하늘에만 빛나는 별들…. 그렇게 〈들꽃처럼 별들처럼〉 전시회가 시작되었다. 장애인을 주인공으로 하는 최초의 이색전시회였다.

장애아 부모들로부터 찬사가 쏟아졌다.

"내 자식이지만 부끄러워서 숨겨놓고 살았는데 화가의 그림에 주인공으로 등장하는 것을 보니 눈물이 난다. 끝까지 내 아이를 그려줄 수 있냐?"

나는 "계산하고, 포장하고, 으스대지 않는, 아니 정신지체아가 지닌 낮은 지능으로는 그럴 겨를도 없었기에 순수한 영혼의 대화가 가능하다"며 그들을 위로했다.

〈외딴섬〉 시퀀스를 끝으로 2막이 끝난다. 실존자가 다시 말을 걸어온다.

"흠, 자네가 물질이 지배하는 세계를 부정하고 장애아를 그리는 순수 예술세계를 그린 것은 대단히 높은 예술 행위라 생각되네."
"……."

하지만 실존자는 반전의 말을 내뱉는다.

"자네는 그 그림에서 치유함을 받는다지만 내가 보기엔 그것만으론 부족하네."
"그, 그건 무슨 말이오. 나는 분명 장애아들을 통해 충분히 치유함을 받고 있었단 말이오."
"물론 그 사실을 부정하진 않네, 하지만 그것만으론 부족하단 이야기야. 그건 자네가 그것으로 만족하지 못하고 예술단체 활동을 한 것이 그 증거야."
"그, 그건…."

나는 실존자의 말에 빠져들었다. 도대체 그는 무슨 말을 하려는 것일까?

_기쁨 1996, oil on Canvas 30호

＿느끼고 싶어요 2010, oil on Canvas 20호

3막

회심

영감

인간은 누구나 자기중심적으로 느끼고 그 체험의 범위 속 세계만 경험할 뿐이다. 자기 체험 범위를 벗어난 세계는 알려 해도 알 수 없다. 하지만 세계는 넓고 깊다. 내가 보지 못하는 세계가 내 반대편 도처에 깔려있다.

나는 중2 때부터 교회를 다녔기에 물질세계 외에 영적 세계가 있음을 알고 있었다. 나에게 의문을 던져준 실존자의 말이 그 영적 세계와 관련이 있는 게 아닌가 하는 생각이 스쳤다. 그와 동시에 영화의 제3막이 시작되었다.

회상

나는 순수 예술을 한다 하면서도 여전히 말술과 주사, 기행을 부리며 아내를 괴롭히고 있었다. 그러나 장애아를 그리면서 뭔가 깊은 영적 세계가 서서히 다가오고 있음을 감지했다. 그들의 눈빛에는 기존 세계질서에서는 경험할 수 없는 순수한 정신세계가 도사리고 있었다.

그즈음 아내가 변했다. 불교도였던 아내가 갑자기 교회를 나갔다. 아들의 영향 때문이었다. 의대를 준비할 만큼 공부를 잘했던 아들 녀석이 어느 날 갑자기 대형 사건을 터트렸다. 신학교를 가겠다는 것이 아닌가. 그때 나는 억장이 무너짐을 느꼈다. 얼마나 기대가 컸는데 신학교라니! 난동을 부리며 아들을 말렸으나 그 뜻을 꺾을 수가 없었다. 아내도 당시 독실한 불교였는데 6개월이나 엄마를 위해 새벽기도 한 아들 뜻에 따라 교회를 나간다는 것이었다. 나는 아들에 대한 분노를 아내에게 터트렸다. 교회를 나갈 바에 정신병원에나 가라면서!

아내는 지구가 아닌 별에서 온 여자였다. 극심한 핍박에도 끄덕않고 도리어 더 열심히 새벽기도를 나갔다. 이에 나는 더 큰 적대심으로 고집을 꺾지 않고 대응했다.

어느 날 나도 모르게 중2 때 다녔던 교회가 떠올랐다. 그때 나는 정말 열심히 신앙생활을 하던 아이였다. 아니 사실은 암울했던 가정사의 도피처로 선택한 곳이기도 했다. 그때 그림도 그렸으며 중학교 미술 선생님을 좋아하기도 했다. 나는 새벽기도를 나갔으며 우리 집에서 찬송이 흘러나오기를 기도했다. 교회에 살다시피 하며 몸 바쳐 봉사했다. 급기야 전도 5관왕의 영예를 얻었다. 나는 그 시절 그리 뜨겁게도 신을 섬겼다. 하지만 이후에 터진 극심한 삶의 상처들이 나를 신으로부터 멀어지게 했다.

나는 회상 속으로 빠져들었다. 영적으로 불타올랐던 그 시절…. 지금 그림을 그리는 데 그때의 영적 영감이 절실했다. 그렇게 영감을 갈구하던 어느 날 마음속에서 신의 음성이 들렸다. 천국, 지옥, 부활을 그려 전시하라는 계시였다.

유체이탈

나도 모르게 "천국, 지옥, 부활을 그리겠습니다."라고 대답했다. 그것은 분명 나 자신의 몽상이 아닌 절대자의 이끌림에 의한 것이었다. 각각 5미터짜리 그림을 2년 동안 그려서 전시하는 것으로 진행되었다. 하지만 오랫동안 교회에 나가지 않았고 성경을 보지 않은 채로 천국, 지옥, 부활을 그린다는 게 쉬운 일이 아니었다. 아니 그것은 성경을 잘 아는 화가에게도 매우 어려운 일임이 틀림없었다.

장애아의 시선으로 본 천국, 지옥, 부활을 그리기 위해선 환상을 봐야 한다는 생각이 들었다. 그날부터 환상을 보여 달라고 신께 매달렸다. 그러나 새벽마다 부르짖어도 당최 아무것도 보여주지 않았다. 급기야 성경 요한계시록을 읽고 또 읽었지만 마찬가지였다. 전시회가 점점 다가오는데도 여전히 떠오르지 않았다.

전시회를 이틀 앞둔 어느 날 새벽에 기도를 하던 중에 유체이탈을 해버렸다. 유체이탈! 영혼이 몸과 분리되는 현상이 내게 일어난 것이다. 나는 너무도 놀란 채 몸에서 떨어진 영혼으로 천국, 지옥, 부활의 세계에 있는 장애아들 얼굴을 똑똑히 보았다. 그들은 입에서 침을 뚝뚝 흘리며 벙싯 웃고 있었다.

나는 이틀 만에 천국, 지옥, 부활 그림을 단숨에 그려내었다.

신의 소리

어렵게 그림을 완성하자 옛날에 먹었던 술 생각이 슬금슬금 일어났다. 나는 서울로 올라와 전시 설치까지 다 해놓고 전시회 전날 옛 예술단체 친구들과 술판을 벌이려 했다. 그 순간이었다. 갑자기 머리가 깨지도록 아파왔다. 이상한 일이었다. 왜 머리가 아픈가. 나도 모르게 소리쳤다.

"왜 아픈지 빨리 밝혀주시오."

그때였다. 다시 마음속에서 이런 음성이 들려왔다.

"네가 어떻게 해서 이 그림을 그리게 되었는지 전시회 계단 앞에 써라."

느낌이 이상했다. 이건 말이 안 되는 소리였다. 뭐 다른 단체나 기관도 마찬가지겠지만 특히 미술 전시회에서 종교색을 드러내는 것은 금기 중의 금기다. 전시회 관람객들이 다 도망가 버릴 것이 분명했다.

하지만 머리가 너무 아파 나는 5만 원을 주고 이 그림을 그리게 된 경위를 써서 계단 앞에 붙여놓았다. 놀랍게도 머리가 깨끗하게 나았다. 섬뜩한 느낌이 들었다. 뭔가 엄청난 기운이 나를 붙들고 있는 것을 알게 되는 순간이었다.

천국, 지옥, 부활

나의 그림은 늘 미완성이다. 새로운 느낌이나 영감이 떠오르면 기존 그림에 덧그림을 그리기 때문이다. 나의 그림 완성은 죽을 때까지 계속된다. 그래서 내 그림은 물감 두께가 장난 아니다.

5미터짜리 천국, 지옥, 부활 그림 안에는 시계를 상징하는 원이 있다. 천국, 지옥, 부활이 시간과 밀접한 관계가 있다 생각했기 때문이다. 이 시계들은 인간이 보는 시점이 아닌 하나님이 보는 시점으로 돌고 있다.

천국 그림에서 거꾸로 있는 아이는 거꾸로 십자가에 매달려 죽은 베드로를 상징한다.

＿지적장애인이 본 천국 2012, oil on Canvas 510X210cm

지옥 그림에는 성경의 666이 등장한다. 아파트에 갇혀 있는 모습이 묘사되고 역시 지옥의 시계를 상징하는 원이 있다.

__지적장애인이 본 지옥 2012, oil on Canvas 510X210cm

부활 그림에는 성경 다니엘서의 동물들이 상징으로 등장한다.

__지적장애인이 본 부활 2012, oil on Canvas 510X210cm

나는 이 그림들을 그리면서 갑자기 술 냄새가 싫어졌다. 이것은
평생 술꾼으로 살았던 나에겐 기적 중의 기적 같은 일이었다.

2010년 목포 개인전을 열었다. 그리고 2011년 목포역 글로리아 초대전이 이어졌다. 나는 이를 계기로 중대 결심을 하기에 이른다. 100미터! 장애인만을 주제로 한 100미터 대작에 도전하는 것이다.

_새예루살렘 2012, oil on Canvas 330X196cm

100미터 그림

2012~2013년 드디어 인사동에서 '들꽃처럼 별들처럼' 전시회가 오픈되었다.

"100미터 그림을 그리겠습니다."

나도 깜짝 놀랐다. 100미터 그림을, 그것도 유화로 그린다는 것은 현재 내 처지로는 불가능한 상상이었기 때문이다. 수년간의 노력과 억대의 경제적 비용이 들어가야 한다. 그런데도 나는 아내에게 이 생각을 이야기했다. 놀랍게도 아내는 긍정적이었다.

신기한 일이 벌어졌다. 전시회의 관람객이 작품을 보고는 똑같은 대답을 내놓은 것이었다.

"이 그림은 우리나라 사람만 보기에 아까워요. 세계 사람들이 볼 수 있도록 유엔에 전시해야 해요."

당시 유엔 전시란 말은 들어본 적도 없던 때라 무슨 말인지 이해하지 못했다. 그런데도 전시회를 마치고 돌아왔을 때 100미터 장애아 그림의 유엔 전시는 기정사실로 굳어가고 있었다.

상상을 초월하는 비용이 들 텐데 어떻게 유엔에 전시한단 말인가. 100호짜리 캔버스 77개를 이어 붙여야 100미터였다. 비용을 계산하니 어마어마한 규모였다. 무엇보다 내 유화는 물감을 두껍게 입히기에 물감값만 해도 천문학적으로 들어간다. 그림 재료비만 족히 1억이 들어갈 텐데…. 내가 뭔 돈이 있어서…. 게다가 유엔에는 또 어떻게 전시한단 말인가.

나는 점점 미스터리 속으로 빠져들고 있었다.

회심

_빗방울 2015, oil on Canvas 160.2X130.3cm

잠시 지직거리는 소리가 나는가 싶더니 나의 영화 상영은 계속 이어졌다.

달콤한 제의

내가 100미터 그림으로 고민 중에 있을 때 아내가 달콤한 제의를 해왔다.

"내가 이번에 당신을 위해 명퇴을 하려 해요. 퇴직금이 1억인데 이것을 당신 100미터 그림 물감값으로 쓰면 좋겠어요."

1억이라니! 눈이 번쩍 뜨였다. 하지만 아내의 정년이 아직 11년이나 남았다는 사실에 망설일 수밖에 없었다. 아내는 내 그림을 위해 직장을 포기하겠다는 뜻인가.

"대신 조건이 있어요. 나를 따라 교회에 나가야 해요."

그때 나는 망설일 것이 없었다. 돈이 1억인데 그깟 교회쯤이야, 당연히 나가겠노라 했다. 하지만 내적 갈등이 생겼다.

정말로 아내는 명퇴했고 1억을 내놓았다. 1억이라는 돈이 수중에 들어오니 스멀스멀 욕심이 기어올랐다. 물감값 대신 뭔가 돈벌이할 것 없나 궁리에 들어간 것이다. 그러자 아내의 태클이 세게 들어왔다.

"내가 그러면 명퇴금 준다고 하지 않았잖아요."

나는 별수 없이 명퇴금을 받고 교회에 끌려나가기 시작했다.

회심

내겐 너무 익숙한 풍광이었지만 낯설었다. 23년 만이니 그럴 만도 했다. 얼마 만에 들어보는 성스러운 음악인가. 주사와 기행으로 더러워진 내 속이 조금이나마 씻겨나가는 느낌을 받았다. 하지만 여전히 내 관심은 아내가 준 1억과 100미터 그림에만 가 있을 뿐이었다.

교회에 발 들여놓은 지 얼마 지나지 않아 아내와 딸이 아제르바이잔 여행을 제안했다. 오지 여행을 꿈꾸고 있던 때라 나는 흔쾌히 받아들였고 설레는 마음으로 공항을 향했다.

공항에서 가족들의 거짓이 발각됐다. 이번 여행이 가족여행이 아닌 교회의 선교 여행이었던 것. 사기당한 기분에 화가 머리끝까지

_희망 2015, Oil on canvas 160.2X651.5cm

치밀었다. 평소대로라면 판을 뒤집어엎고도 남았을 텐데. 그때 난
꾹 참았다. 여기까지 왔는데 혼자 돌아갈 수도 없는 노릇이었다.

아제르바이잔에서 나는 숨이 턱턱 막히는 무더위에 전도한답
시고 질질 끌려다녀야 했다. 발바닥이 땅바닥에 턱 들러붙을 정
도로 몸이 무거웠다.

1차 전도여행을 마치고 수도 바쿠 지하교회에서 집회가 열렸
다. 그때까지 나는 분을 이기지 못해 씩씩거리고 있었다. 그러나!
찬양을 하는데 급반전이 일어났다. 그것은 신의 연주 같았다. 음
색이 그리 맑고 성스러울 수 없었다. 그동안 품고 있던 분노가 눈
녹듯 녹아내리는 느낌을 받았다. 나도 모르게 기도하는데 갑자기
가슴이 북받치기 시작했다. 내 가슴 중심에 뭔가가 들어온 것 같

왔다. 알 수 없는 눈물이 주르르 흐르기 시작했다. 제기랄, 사나
이 체면이 말이 아니었다. 하지만 눈물은 그칠 줄 몰랐다. 지나온
나의 주사와 기행에 얼마나 많은 사람들이 상처받았을까를 생각
하니 가슴이 북받쳐 견딜 수 없었다. 특히 나 때문에 고통으로 몸
서리쳤을 아내와 아이들을 생각하니 가슴이 터질 것만 같았다.

눈물이 콧물과 뒤범벅되어 끝없이 흘러내렸다. 그리고 얼마나
지났을까. 놀라운 느낌이 일어났다. 빛, 그것은 빛이었다. 내 마음
은 깜깜한 동굴 속을 방황하고 있었는데 갑자기 한 줄기 빛이 비
친 것이었다. 깜깜한 동굴 저 끝에 보이는 빛이었다. 내 눈은 다시
맑은 눈물을 쏟아냈다. 이번에는 감격의 눈물이었다.

2차 전도여행을 떠나는데 몸이 새털처럼 가벼웠다. 더위에 대
한 감각도 무뎌졌다. 날아갈 것만 같았다. 그제야 사람들이 눈에

들어왔다. 나는 가는 곳마다 사람들의 얼굴을 그려주기 시작했다. 그것은 내가 그리는 그림이 아니라 누군가가 내 손을 빌려 그리는 그림이었다. 장애아들만 쭉 그려왔는데…. 처음으로 비장애인의 얼굴을 그리는 신선한 경험이었다.

그림의 보답으로 환대를 받았다. 그때 철갑상어도 처음 맛봤다.

귀국 후에도 이상한 일이 이어졌다. 새벽에 눈이 떠졌다. 그날부터 아내 따라 새벽기도를 나가기 시작했다. 갑자기 후각신경의 마비가 왔다. 술 냄새가 느껴지지 않았다. 수십 년 나를 유혹하고 취하게 했던 술, 쾌락이란 유혹으로 이끌어 나를 철저히 파괴했던 술, 그 술이 떠나가는 느낌을 받았다. 그런데 슬프지 않았다. 이건 기적이다, 기적!

이후로 나는 아내를 따라 새벽기도를 열심히 나갔다. 수년간 하루도 거르지 않고 새벽기도를 드렸다. 그때마다 신은 나에게 놀라운 영감을 던져주셨다. 그것은 고스란히 내 그림의 영감으로 이어져 작품이 되었다.

시험 1

아들의 배신이 아팠건만, 시간이 아픔을 싸매주었다. 그런데 이번엔 교사하던 딸이 내 속을 헤집어놓았다. 8살 연하의, 그것도 선교사와 결혼하겠다는 것이다. 술을 끊었지만 당장 맥주 한 박스 사오라 했다.

"너는 죄 하나 없다. 엄마가 문제다."

당장 사돈 될 장로를 불렀다. 정자에 앉아 맥주 마시며 다시 주사를 저질렀다.

"어디서 그런 짓거리 하요. 머리를 다 잘라버리겠어. 교회 목사 오라고 해. 당신들 알고 있었을 거 아니요."

그동안 가둬뒀던 독설이 터져 나왔다. 그날 술이 가슴에 차도록 마셔댔다. 심한 숙취에도 다음 날 습관처럼 무거운 몸을 이끌고 새벽기도를 나갔다. 신께 원망하지 않고는 견딜 수 없었으므로.
나는 거의 이성을 잃은 채 울부짖으며 신께 소리쳤다.

"내가 이렇게 새벽기도도 열심히 하는데 어떻게 나한테 이럴 수 있습니까?"

그때 어디선가 실제 소리가 들렸다.

"네 눈물을 닦아주마."

나는 곧바로 "무슨 눈물이요?" 하며 대들었다.

"네가 아침마다 기도하지 않았냐, 식구 이름 다 부르며 나에게
바친다고."

나는 그대로 꼬꾸라지며 엎드렸다. 정말 나는 그런 기도를 드렸
었다. 나의 이중성에 치를 떨었다. 도대체 나의 진실은 어디에 있단
말인가. 다음 날 당장 애 불러서 결혼 날짜를 잡았다.

시험 11

내리사랑이라는데, 아들 큰 손주가 말 못하는 자폐아로 태어났
다. 그때 가슴이 떨어져 나갈 것만 같았다. 그런데 딸에게서도 청
천벽력이 떨어졌다. 두 번째 임신한 애 검사에서 장애아 판정이
나온 것이다. 나는 당장 떼어라, 했다. 아들이 나더러 이중성격이
라며 대들었다. 아! 그동안 장애아들만 그려오며 내 입에서 나온
장애아 찬양들이 다 거짓임이 만천하에 드러난 셈이었다. 나의 거
짓, 나의 이중성을 어찌한단 말인가.

딸은 나의 본성을 뛰어넘었다. 딸 가족이 기도하며 낳기로 결정
한 것이다. 딸은 애 낳기 한 달 전 선교지로 떠났다. 그리고 애를

낳았는데 기도 손을 하고 나왔단다. 말끔한 정상아의 모습으로 기도 손을 하고서, 말이다. 결국 이 일은 신이 나의 진심을 시험한 사건으로 매조[1]지었다.

한동안 침묵으로 일관한 실존자가 입을 열었다.

"흠, 신의 존재를 받아들이는 사건이 있었군. 그래, 그 사건이 자네에게 의미하는 바는 무엇인가?"

"그건…. 나에게 있어 진리의 발견이라 할 수 있소."

"진리의 발견이라…. 그럼 자네 트라우마도 해결되었겠군."

"그건 아니오. 나는 진리를 발견했지만 여전히 트라우마는 완전히 해결되지 않은 채 방황의 길을 가고 있소."

"그렇다면 그걸 진리하고 할 수 있을까?"

"물론 나만의 진리일 수도 있소. 나는 이 진리의 발견 이후 이중고의 고통을 겪어요. 그동안 겪어왔던 고통에 더해 진리의 길을 가는 고통이오. 그런데 진리란 우리가 발견 못 했을 뿐이지 어차피 있었고 그 진리 가운데서도 인생이란 고난의 연속이 아니요. 그 고통 속에서 진리라는 흑진주를 봤다는 것이 중요한 거라 생각하오. 사람들은 결과가 좋으면 간증을 많이 하지만 나는 좋은 결과에 상관없이 이 길을

---

1 일의 끝을 단단히 단속하여 마무리했다.

걸어가는 순간이 기뻐요. 나는 죽을 때까지 묵묵히 이 길을 갈 것이오. 혹 남들처럼 좋은 대가가 와도 나는 만족하지 못할 것이오. 그것은 이 진리의 길보다 못하기 때문이오. 나는 그것을 봤기 때문에 조금의 두려움도 없이 죽을 때까지 이 길을 갈 것이오."

"신과의 만남이 자네의 세계관을 완성시켜 준 것 같군."

"맞소. 그동안 난 그림 세계에서 뭔가 진리를 잡을 것만 같았지만 허물거리며 끝나고 말았는데 신과의 만남에서 비로소 그것을 정립할 수 있었던 것 같소."

실존자는 머뭇거리며 다음과 같은 질문을 던졌다.

"자네가 신과의 만남에 대해 신나게 이야기하지만 내가 보기에 자네의 내면은 아직 방황 중인 것 같은데…."

실존자의 말에 나는 멈칫했다.

"너는 신께 진실한 기도를 드린다 하면서도 손주들의 장애 앞에 철저히 이중성을 드러내었지. 너 자신은 장애아들에게서 치유함을 받고 신의 모습을 봤다면서 떠들었지만 막상 네 손주가 장애아로 태어나는 것은 경멸했지."

실존자의 말에 나의 내면이 비틀어졌다. 다시 실존자는 외쳤다.

"내가 보기에 자네는 아직 더 깊은 깨달음이 필요한 것 같아!"

나는 그의 말에 경직된 채 그대로 멍하니 있을 수밖에 없었다. 도대체 어떻게 해야 나는 더 진리에 다가갈 수 있단 말인가. 또 상처받은 나의 내면을 완전히 치료받을 수 있단 말인가!

_자화상1 2020, oil on Canvas 한지 50x73cm

_자화상2 2020,
oil on Canvas 한지 50x73cm

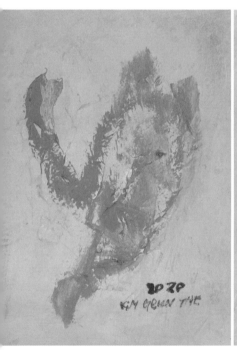

_별이 된 시3 2020, oil on canvas 46X53cm   _별이 된 시4 2020, oil on canvas 46X53cm

4막

기 적

차르르르

그사이 다시 내 영화의 필름이 돌아간다. 나는 계속 옆에 앉은 실존
자의 말을 의식하며 조금 무겁고 긴장된 마음으로 내 영화를 관람한
다. 실존자는 이번 4막을 끝으로 내 영화 상영이 끝나니 잘 보라 한다.

100미터 그림의 완성

100미터 그림을 어떻게 완성해야 할까? 캔버스 중 가장 큰 100
호의 폭이 1.33미터이므로 이 캔버스 77개를 이어붙이면 총 길
이 102.4미터의 대작이 나온다. 문제는, 이 대형 캔버스의 그림
을 모두 유화로 그려야 한다는 점에 있다. 유화 특성상 스케치 후
첫 겹은 바탕칠, 다음으로 다양한 회화적 효과를 주는 바림칠, 겉
칠… 등 대여섯 번의 덧칠이 필요하다. 하나의 작품에도 엄청난
체력이 필요한데 77개를 그려야 한다.

이처럼 대작을 그리는 데 드는 재료비 또한 가난한 화가로서 만만치 않다. 아내가 명퇴금으로 준 1억을 고스란히 다 쏟아부어야 가능하다.

왜 이런 작품을 그려야 하냐는 질문에 내 대답은 일관되다.

"화가의 그림은 공익적 가치와 사회적 기여가 있어야 한다. 그림을 통해 좀 더 좋은 세상을 공유할 수 있어야 한다. 또한 장애인이 담긴 그림을 공공건물에 걸어야 한다. 왜 우리는 나무와 꽃만 걸어야 하는가. 내가 그리는 유화뿐만 아니라, 세계 곳곳에 벽화로, 타일화로 만들어 늘 보면서 장애인들과 친해지고 익숙해져서 결국에는 담장을 허물고 함께 더불어 살아야 한다. 그들은 몸이 불편하지만, 우리는 마음이 불편하다. 이 불편한 진실 앞에 작은 붓질로 서로의 조화와 균형을 맞추는 움직임, 서로를 끌어안는 아름다운 동행이 나의 그림이다."

매일같이 고통스러운 싸움의 연속이었다. 체력이 바닥나도 몸살로 쓰러져도 100미터 그림은 계속됐다. 2012~2013년 꼬박 1년 반을 스케치하고 3년이 지났을 때야 100미터 작품을 매조 지을 수 있게 된다. 내가 이처럼 무모할 것만 같은 도전에 나선 까닭은 지적장애아들에게서 받은 영감을 무조건 세상에 알리고 싶었기 때문이었다.

들꽃처럼 별들처럼 - 기적

죽어라 하면 100미터 그림을 그릴 수는 있겠으나 어떻게 유엔에다 전시할 수 있단 말인가. 이건 100미터 그림을 그리는 것보다 더 까마득한 일이 아닐 수 없었다. 그런데 아내는 태평했다. 기도하고 있으니 분명 일이 일어날 거란다. 믿음이 좋다고 해야 할지, 무모하다 해야 할지….

지인들에게도 이 이야기를 했는데 하나같이 허황된 꿈을 꾼다며 이상한 눈초리만 되돌아왔다.

시간은 점점 가고 답답한 마음이 이어지고 있을 무렵이었다. 100미터 그림 그리는 일은 거의 중노동이어서 근육이 뭉치고 몸살이 나기 일쑤였다. 나는 몸이라도 풀 겸 찜질방을 들렀다. 거기서 우연히 전에 알고 있던 MBC 기자를 만났다.

"요즘 어떻게 지내세요?"
"유엔에 전시할라고 100미터 그림을 그리고 있소."
"네? 유엔 전시요? 100미터 그림이요? 그것 빅뉴스네요."

사실 아직 유엔 전시 계획은 전혀 잡혀 있지 않을 때였다. 그런데 얼마 후 난리가 났다. 그 MBC 기자가 확인도 없이 내 100미터 유엔 전시 소식을 전국 뉴스에 내보낸 것이다. 나는 일이 이상하게 흘러가고 있다고 생각했다.

들꽃처럼 별들처럼 - 후원자

2013년 어느 날 작업실로 한 국회의원이 찾아왔다. 우리 지역의 국회의원이 아니었다.

그분은 어떻게 이름도 없는 남루한 작업실을 찾게 되었을까.

알고 보니 MBC 방송에 난 뉴스를 보고 왔다고 한다. 이례 없는 일에 놀라움을 금치 못했다. 단순한 작업실 방문인 줄 알았으나 그분은 작가를 돕는 데 온 힘을 다해 주었다. 그 후 유엔전시를 위해 물질적뿐만 아니라 정신적으로도 도와주는 후원자가 되었다.

"장애인분들에게 희망을 드리고 비장애인들의 장애인에 관한 생각을 새롭게 하고 장애인을 보는 눈을 새롭게 뜨는 계기가 되길 희망합니다."

"UN 전시회는 장애인들의 희망, 자존감, 자신감을 위한 사업이므로 김근태 화백의 성공적인 UN 전시회를 위해 우리 도민들은 물론 다른 시·도에서도 적극적으로 동참해주길 바랍니다."

사람을 대하는 태도와 혜안이 무한함을 알 수 있었다.

어느 누구도 가까이하고 싶지 않은 장애인 그리는 무명작가에게 인생의 길이 되어 아름답게 꿈을 펼쳐지게 하고 싶으셨던 것이다.

이낙연 의원님은 아내가 미대 출신 화가이기도 해 예술에 조예가 깊었다. 특히 장애아에도 관심 두고 있던 그분이었기에 나와 인연이 이뤄졌다. 이야기를 나누며 그분의 인생을 들었다.

전남 영광에서 찢어지게 가난한 농가에서 자랐단다. 대개 정치가의 후원회장은 기업가가 맡기 마련인데 초등학교 선생이 후원회장이라니 그분의 인간됨을 알 수 있었다. 그분의 교회 배경이 이채롭다. 아들이 하나 있었는데 죽을병에 걸려 수술하게 됐단다. 그분은 저도 모르게 그 병원에서 무릎 꿇고 하나님 살려주십시오, 기도했단다. 그런데 살아났단다. 그 후 하나님을 믿게 되었다고 하셨다.

그분은 도지사에 출마했는데 확률이 낮았다. 당시 유력한 인사가 있었기 때문이다. 그때 내가 영적으로 충만할 때라 기도했더니 응답이 왔다. 그분에게 말했다.

"걱정 마시오, 도지사 되겠소."

놀랍게 정말 도지사가 됐다. 후에 총리 놓고 기도했는데 정말 총리까지 됐다.

이 분이 장애인을 엄청 사랑했다. 내 100미터 그림의 유엔전시회를 꿈꾸고 있다는 말에 어떻게든 도와주고 싶어 했다. 결국 기적이 일어났다. 이 도지사님 도움으로 유엔 협조를 받았다. 특히 당시 유엔대사였던 오준 대사 역시 미술에 조예가 깊어 남다른 관심을 가졌다. 그렇게 100미터 작품이 뉴욕 유엔본부 갤러리에 전시되었다.

들꽃처럼 별들처럼 - 유엔 전시의 기적

유엔 전시가 2015년 11월 30일로 결정되었다. 유엔 창립 70주년 및 세계 장애인의 날 기념 전시회이기도 했다. 활력을 불어넣기 위해 2015년 3월부터 목포부터 시작해 부산, 대구, 순천, 서울 등에서 순회전시회를 했다. 그리고 유엔으로부터 초대장이 날아들었다.

2015년 11월 30일 드디어 내 화가 인생 역사에 방점을 찍었다. 꿈에 그리던 유엔 전시가 열리게 된 것이다.

'한국 서양화가 첫 유엔 초대전시회'란 타이틀로 미술계가 떠들썩했다. 나의 장애아들이 세계의 주인공으로 나서는 순간이었다. 좋은 평가도 뒤따랐다.

Art Exhibition at the UN to Mark International Day of Persons with Disabilities 2015

2015 세계장애인의 날 기념 UN전시
김 근 태
Kim Geun-tae
들꽃처럼 별들처럼
Like Wildflowers, Like Stars

___유엔화집 2015

들꽃처럼 별들처럼 - 땅끝까지

유엔 전시의 반응은 생명력이 넘쳐났다. 생명은 또 다른 생명을 낳는 법이다. 세계 전시가 뒤이어 이뤄졌다. 유엔에서 전시하며 우리나라가 장애 국가임이 떠올랐다. 허리가 잘려있으니 장애 국가 아닌가. 그때 나는 남북분단의 상징인 DMZ 전시를 꿈꾸었다. 그 신호탄인가. 또 하나의 장애 국가였었던 독일 베를린 전시 꿈이 이뤄진 것이다. 독일 베를린으로부터 초대장이 날아들었다.

그렇게 2016년 4월, 독일 베를린 주독 한국문화원 전시가 이뤄졌다. 나는 본 전시 앞서 분단의 상징이었던 베를린 장벽 전시를 감행했다. 베를린 장벽에 그림을 전시한다는 것은 있을 수 없는

일이었다. 게다가 허허벌판 장벽에 100미터 그림을 전시하겠다는
것은 무모한 망상에 불과했다. 하지만 나는 죽어도 여기 전시하
겠다고 으름장을 놓았다. 결국 나는 잡혀 들어가더라도 감수하겠
다는 각서까지 쓰고서야 허락을 받을 수 있었다.

　장벽의 높이만큼이나 넘어야 할 조건이 있었다. 100미터 그림
이 땅에 닿지 않아야 한다는 것이다. 나는 어떻게든 전시를 하고
싶었기에 77개의 캔버스를 뒤에서 사람이 들고 인간 띠를 만들
어 전시할 계획이었다. 여기에 100명 정도의 인력이 필요했다. 사
람들은 내 계획을 비웃었지만 나는 이 전시를 통하여 남북이 통
일되기를 간절히 바랐다.

　다음 날 갔더니 장벽에 철망이 다 쳐져 있었다. 가만 보니 사람이
그림을 들고 서 있을 필요 없이 철망에 걸쳐 놓으면 되는 일이었다.

그렇게 베를린 장벽에 100미터 그림이 전시되는 웅장한 광경이 펼쳐졌다. 나는 그 광경을 보며 소름이 돋았다. 놀라운 신의 섭리를 느끼며 가슴을 떨고 있었던 것이다. 그리고 지금은 흔적만 남은 분열의 상징에 우리 장애아들이 우뚝 선 것에 감사하고 또 감사했다.

2016년 6월에는 프랑스 파리 경제협력개발기구(OECD) 대한민국 대표부 전시실에서 "들꽃처럼 별들처럼" 전시가 이뤄졌다. 젊은 시절 공부했던 곳, 루브르 박물관 전시를 꿈꾸었던 곳이라 가슴이 뜨거워졌다. 언젠가는 그 시절 꿈도 이뤄지리라.

전시회가 끝난 후 한 독일인으로부터 베를린 전시회에 대한 축하편지가 날아들었다.

Wie die wilden Blumen, wie die Sterne
Kinderbilder von Kim Geun Tae, Republik Korea

Am 15. April habe ich eine Email bekommen mit der Information zu einer ganz besonderen Ausstellung: ein koreanischer Künstler stellt in Berlin seine Bilder aus, und zwar Bilder, wie ich sie noch nie gesehen habe. Es sind Kinderbilder – ungewohnt im Inhalt machen sie zunächst sprachlos ob ihrer Schönheit und der Liebe, die sie auf den Betrachter übertragen. Da ich in der Zeit der Ausstellung nicht

---

in Berlin sein kann, habe ich eine Freundin gebeten, mir viele Bilder von der Ausstellung zu schicken.

Ich schaue sie an, und ich denke nach, welche Begegnungen ich in meinem Leben mit Kindern hatte, die "wie die wilden Blumen, wie die Sterne" sind. Ich wurde im Jahr 1951 geboren. In meiner Grundschulzeit in Dresden hatten wir im Schulhort ein Mädchen, das nach ihrem Vormittag in einer Sonderschule am Nachmittag zu unserem Schulhort der 84. POS in Dresden-Hellerau kam. Zur Hausaufgabenzeit war es ganz ruhig im Hort und wir saßen nach Klassenstufen an den Tischen. Kathrin hatte andere Hausaufgaben als wir, und ab und zu wurden wir von den Hortnerinnen gebeten, Kathrin zu helfen. Ich habe sie als ein fröhliches Kind in Erinnerung, und wenn wir nach den Schulaufgaben draußen spielten war sie mit dabei.

Später habe ich lange in Korea gearbeitet, in Nordkorea, und durch einen Zufall ist die Arbeit mit gehörlosen und blinden Kindern in diesem Land auf mich zugekommen. Ich habe diesen Zufall angenommen. Ich habe sehr viel gelernt dabei, und ich habe sehr viel gegeben dafür. Ich denke dass sich die Arbeit mit behinderten Kindern in Zukunft noch viel mehr Aufmerksamkeit in der Gesellschaft erobern wird, in Deutschland wie in vielen anderen Ländern.

Ich bin dem Künstler Kim Geun-Tae sehr dankbar für seine Bilder. Sie sind einfühlsam und mitteilsam, sie haben eine sehr zeitgemäße Botschaft, und sein Land, die Republik Korea, hat bereits im Dezember 2008 die UN Behindertenrechtskonvention ratifiziert. Das ist großartig, und es wurde schon viel erreicht. Ich wünsche der Ausstellung einen gossen Erfolg, dass viele Menschen sie ansehen kommen, dass sie ausführlich im Internet vorgestellt wird, dass Institutionen und Vereine in Deutschland sie kennen lernen, und dass man noch mehr über diesen Künstler und seine großartige Arbeit erfahren kann.

Barbara Unterbeck

들꽃처럼 별들처럼

4월 15일에 나는 매우 특별한 전시회에 관한 정보가 담긴 이 메일을 받았습니다. 한국인 예술가는 베를린에서 자신의 사진을 보여주었습니다. 장애아들의 사진입니다. 전시회 당시 베를린에 갈 수 없기 때문에 친구에게 전시회 사진을 많이 보내달라고 요청했습니다.

나는 '들꽃처럼 별들처럼'을 보고 삶에서 장애아들을 만난 것에 대해 생각했습니다. 나는 1951년에 태어났습니다. 내가 드레

스텐에 있는 초등학교에 다닐 때, 방과 후 보육 센터에 한 소녀가 있었는데, 매우 조용했으며 학년 수준에 따라 테이블에 앉아 있었습니다. 캐스린은 우리와는 다른 숙제를 했고, 그때마다 호튼은 우리에게 캐스린을 도와주라고 요청했습니다. 나는 그녀를 행복한 아이로 기억하고, 방과 후에 밖에서 놀았을 때 그녀는 늘 그곳에 있었습니다.

나는 나중에 한국과 북한에서 오랫동안 일했고 우연히 청각, 시각장애아들과 일하게 되었습니다. 나는 이 우연의 일치를 받아 들였고, 많은 것을 배웠습니다. 장애 아동과 함께 일하는 것은 앞으로 다른 많은 나라에서처럼 독일 사회에서 훨씬 더 주목을 받을 것으로 생각합니다.

김근태 작가의 전시회 사진에 진심으로 감사드립니다. 그들은 공감과 의사소통을 하고 있으며, 적시에 메시지를 받고 있습니다. 한국은 2008년 12월에 유엔장애인권리협약을 비준했습니다. 이후로 훌륭하고 많은 것이 성취되었습니다. 많은 사람들이 이 전시회를 인터넷에 상세하게 소개하고 있습니다. 독일의 기관과 협회가 이 전시회를 알게 되었으며, 김근태 작가와 그 위대한 작품에 대해 더 많이 배울 수 있기를 바랍니다.

바바라 운터벡

한편, 독일 전시회 후 브라질에서 전시회를 해달라는 초청장이 왔다.

그렇게 2016년 9월에는 브라질 리우데자네이루 공립도서관에서 패럴림픽을 기념하는 전시가 이뤄졌다.

미국, 스웨덴, 프랑스, 독일, 영국, 브라질, 대한민국 대사들께서 패럴림픽 정식 문화행사를 열어주었고 인권 예술로 빛을 발하였다.

＿2016 리우패럴림픽 문화행사에서 발표하는 모습

2017년 12월, 제네바 유엔지소에서 초청장이 왔다. 그것은 나의 '들꽃처럼 별들처럼' 전시회뿐만 아니라 5대륙 장애아들의 그림도 함께 전시되는 특별한 전시회였다.

그렇게 2017년 12월 3일 세계 장애인의 날을 기념하여

Monday 4 December 2017 at 12:30 p.m.
Palais des Nations
Mezzanine, E Building, 2nd Floor · Door 40

LIKE WILDFLOWERS, LIKE STARS

Michael Møller
Director-General of the United Nations Office at Geneva

Choi Kyonglim
Ambassador Extraordinary and Plenipotentiary,
Permanent Representative of the Republic of Korea
to the United Nations Office
and other international organizations in Geneva

have the pleasure to invite you to the opening of an exhibition featuring
artworks by Korean painter Kim Geun-tae, as well as some
selected pieces made by children with disabilities curated by Sim Eunlog,
on **Monday, 4 December 2017 at 12:30 p.m.**

The opening will be followed by a reception.

The exhibition will be on display from 4 to 8 December 2017.

All attendees are kindly requested to register at:
http://rvg.unog.ch/e_korea exhibition

Please bring a photo identification with you. No parking available for non-accredited vehicles.
Palais des Nations - 8-14, Avenue de la paix - Geneva 10. Entry: Pregny Gate

 United Nations
cultural activities
Geneva

UNOG(유엔 제네바 사무소)에서 '김근태와 5대륙 장애아동전'이
개최되었다. 이 전시회에서는 나는 '빛속으로'라는 주제로 새로운
작품 17점을 더 선보였다. 나의 관심이 들꽃과 별에서 빛이 하나
더 추가되는 순간이었다.

이뿐만 아니라 이 전시회에서는 한국, 필리핀, 호주 등 5대륙 7
개국의 장애 어린이 작품 23점이 함께 전시되어 눈시울을 뜨겁게
했다. 한국 대표로 장애아 사생대회 입상자인 임석진 군의 그림
과 배서은 양의 그림이 전시되었다.

그 외 나라의 장애아 작품도 전시되어 의미를 더해주었다.

__임석진(한국) ㅣ 나무속의 매미 2017, 종이에 크레용(Crayon on paper) 40x30cm

__배서은(한국) ㅣ 감정 2017, 종이에 크레용(Crayon on paper) 40x30cm

재스퍼 프란츠 G. 오켄도(아시아) ｜ 새 나무 2017, 두꺼운 종이에 포스터물감(Poster paint on oslo paper) 22.86x30.48cm

조반니 레그레사도(아시아) ｜ 플라네타, 두꺼운 종이에 포스터물감(Poster paint on oslo paper) 22.86x30.48cm

2018년 3월에는 평창동계패럴림픽 초대전이 이어졌다. 대통령 영부인 김정숙 여사가 참석해 자리를 빛내주었다. 이 전시 역시 5대륙 장애아동작가 그림 70점이 함께 전시되었다.

그해 4월에 평창패럴림픽에 뒤이어 파리 유네스코 본부 전시회가 열렸다. 역시 5대륙 7개국의 장애 어린이 작품 30여 점이 전시되었다.

나는 김근태와 5대륙 장애아 전시회를 이어가며 새로운 꿈을 꾸게 되었다. 그것은 장애아 화가를 도와주는 일이었다. 새삼 고하도에서 지적장애아들을 대상으로 그림을 가르쳤을 때 아이들의 눈빛이 빛나던 추억이 떠올랐다. 아이들은 이제 단지 내 그림의 대상에서 나아가 자신들이 직접 그림의 꿈을 이루며 세상에 모습을 드러내야 한다. 그럴 때 비로소 세상과 장애아들의 벽은 더욱 허물어지리라.

나는 이 꿈을 꾸며 오늘도 미래의 장애아 화가들과 진정성을 갖고 교류하고 있다.

들꽃처럼 별들처럼 - 루브르의 꿈

세계 전시가 이어지는 가운데 아주 특별한 전시회가 잡혔다. 젊은 시절 그랑슈미에르에서 공부하며 들렀던 루브르, 내 그림을 이 곳에 걸고 싶다는 꿈을 꿨었는데. 그 꿈이 이뤄졌다. 파리에서 이미 몇 번의 전시회를 하며 늘 루브르를 잊지 않고 있었다.

2018년 10월 19일부터 21일까지 '빛 속으로'라는 제목으로 루브르 박물관 전시회가 잡혔다. 비록 전시 작품은 20여 점에 불과했지만 나로서는 지금까지의 전시회 중 가장 의미 깊었다.

특별한 전시회라서일까, 그림을 관람하던 한 프랑스 청년이 내 가슴을 헤집었다. 한참이나 그림을 뚫어져라 보던 청년이 내 곁

_울타리 2015, oil on Canvas 160.2x260.6cm

으로 다가와 말을 걸었다. 무슨 말인지 알아들을 수 없어 통역을
맡고 있던 재불동포세실리아협회 김혜영 대표가 거들어줬다.

청년은 울타리 그림(95쪽 그림)을 보면서 말했다.

"그림을 그려줘서 너무 고맙습니다."

이어진 청년의 사연이 너무 애절해 나도 아내도 김혜영 대표도
울었다. 전시회가 끝난 후 김혜영 대표가 청년의 이야기를 엽서
로 만들어 보내왔다. 여기에 그 청년의 사연을 알리고 싶다.

- 안타깝게도 이름을 물어보지 못해 너무 아쉽다.

"나는 당신이 말하는 김근태 화가의 마음을 알아. 나의 형은 지
적 장애인인데 2015년에 세상을 떠났어. 그 형은 117kg으로 뚱보
였는데 먹는 것밖에 몰랐지. 난 형을 바라보면 늘 슬펐고 불행했
어. 그러나 형은 반대로 나를 바라보며 늘 웃었고 행복해했어. 정
말 나를 바라보는 형의 시선에는 그저 사랑 외에는 아무것도 없
었지. 난 그렇게 형의 천진난만한 웃음에 의해 키워졌어. 늘 불행
했던 나는 저녁마다 목욕을 하듯 그의 순수한 웃음에 의해 매일
씻겨졌지. 그렇게 나는 순수한 시선에 의해 교육되고 키워졌지. 형
은 아직도 나의 마음에 선명해. 형은 저 그림의 엄마가 안고 있는
아이처럼 늘 한 살짜리의 얼굴이었어. 형은 태어나서 죽기 전까지
늘 어린애였지. 그래 당신 말이 맞아. 우리는 그들을 보고 무서워

＿칠득이 2009, oil on Canvas 53x45.5cm

하고 슬퍼하지. 그러나 그들은 우리를 보고 기뻐하며 행복해해."

　파리 청년의 말은 내 그림과의 합일이었다. 내 그림의 형상이
언어의 모습으로 변화되어 나타난 것이었다. 바로 이 청년의 말이
내가 그림으로 전하고자 하는 메시지다. 여러 곳에서 전시를 했
지만 파리 루브르의 체험이 가장 행복했다.

내 영화 상영이 끝났을 때 나는 감동으로 가슴이 뭉클했다. 나에게 일어났던 일들이 꿈만 같이 여겨졌다. 그때 실존자가 말을 걸어온다.

"어떤가? 자네 인생을 영화로 본 느낌이?"

"흠, 모든 게 마치 신의 섭리로 이루어진 역사 같소."

"그런데 자네 영화에서 뭔가 빠진 듯한 느낌이 드는 사람 없나?"

"빠진 느낌이오?"

"그래. 내가 보기엔 유엔 전시도 놀랍지만 그 이후에 일어난 일들이 더 놀라워. 유엔 전시야 당시 이낙연 도지사의 도움이 있었기에 가능했다 치더라도 이후에 그 크고 무거운 그림을 들고 전 세계를 다니며 전시했다는 것은 나의 상상을 뛰어넘어. 어떻게 그 엄청난 일들을 할 수 있었지? 100호 캔버스 수십 개를 들고 비행기 타고 가서 전 세계 다니며 전시한다는 게 보통 일이 아닌데. 게다가 엄청난 돈이 들잖아."

나는 갑자기 아내가 생각났다.

"사실 이 일은 나 혼자 한 게 아니라 아내의 협력이 있었기에 가능했소. 아내는 교직을 그만둔 후 내 매니저 역할을 자처했었소. 매니저로서 아내는 아주 훌륭했소."

"구체적으로 어떤 면에서?"

"해외 전시엔 기본적으로 억 이상이 들어가는데 다 후원받아서 해결해야 하잖소. 그 일을 아내가 도맡아 했지라. 정부 후원, 기업 후원받느라 이곳저곳 전화하고 만나러 다니고…."

"자네 아내 다시 봐야겠는걸. 그 정도면 능력잔데…."

"아내가 대외적인 일을 모두 잘해주었기에 나는 작품에만 전념할 수 있었소. 그런 면에서 '들꽃처럼 별들처럼'의 세계전시회는 도와주신 모든 분, 그리고 우리 장애아들의 합작품이라 할 수 있지 않겠소."

"후후, 그런가? 그렇다면 자네 아내에 대해 좀 더 알아봐야 하겠는걸."

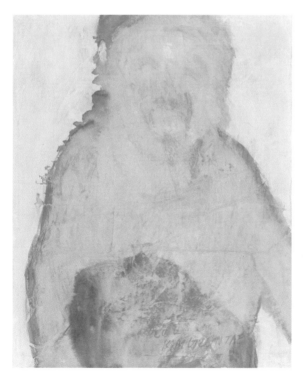

환희 2020, oil on canvas 한지 50x73cm

°

고
백

실존자는 갑자기 새로운 필름을 꺼내 든다. 영화의 제목은 〈고백〉이다. 이건 나의 영화가 아니라 아내의 영화다. 내 영화에 이어 아내의 영화가 상영되기 시작한다.

유리 파편

교대가 원하던 학교는 아니었다. 나는 문학 쪽이었는데…. 엄마 때문이었다. 몸은 학교를 다녔지만 정신은 멍했다. 만족이 안 되었다. 결국 조선대 법대 야간에 편입하여 낮에는 교대 다니고 밤에는 법대 다니는 이중생활에 빠져들었다.

친한 친구 소개팅 해준답시고 나갔는데 그 자리에 지금 남편이 있었다. 별다른 생각 없이 헤어졌는데 지금 남편에게서 전화가 왔다. 나는 그 친구가 잘 만나고 있는 줄 알았는데 뜻밖이었다. 남편의 집은 우리 집과 불과 3 정거장, 그렇게 서너 번 만났다.

하루는 밤 9시 넘어 들어갔더니 남편이 왔다 갔단다. 여자의 육감은 배신하지 않는다. 불길한 느낌으로 그의 집을 향해 달렸다. 안에 사람이 있는데 문이 잠겼다. 어머님에게 연락해 겨우 문을 열고 들어갔다. 남편은 정신을 잃고 있었고 옆에 파라핀 병이 보였다. 황급히 응급실로 달렸다.

'왜 죽으려고 하지?'

어느 날 다시 그 집에 갔더니 이번에는 알몸으로 난동을 피우고 있었다. 유리 파편 들고 큰 형을 죽이겠다 위협하고 있었다. 그 무시무시한 장면을 보고도 나는 '무슨 사연이 있구나.'하는 측은 지심이 들었다.

이런 사건들은 그에 대한 거리감으로 치우치기보다 도리어 그를 향한 감정으로 발전했다. 그때 나는 순수한 꿈이 있었다. 결혼을 통해 집을 탈출하고픈 마음이 강렬했다. 이 굴레에서는 도대체 꿈을 펼칠 수 없겠다 싶었다. 그러다 나와 같은 마음을 품고 있는 이를 발견했다.

반대를 무릎 쓰고 결혼했다. 22살! 순수한 너무도 순결한 꿈을 꾸었다. 하지만 꿈은 그가 휘둘렀던 유리 파편처럼 금이 가기 시작했다.

부푼 마음으로 제주도 신혼여행을 가기 위해 부산엘 들렀다. 그의 기행은 이곳에서도 계속됐다. 빠찡고로 신혼여행 경비를 다 날려버린 것이다. 갈 곳 없어 전당포로 갔다. 목걸이, 반지 다 잡혀 겨우 여인숙에서 잤다. 그는 술에 만취한 채로 탕엘 들어갔는데 당최 나오질 않았다. 급히 여인숙 주인을 불러 문 따고 들어갔더니 또다시 자기를 죽이려는 채 탕에서 정신을 잃고 있었다.

우울증

교대를 졸업하고 초등교사로 발령받았다. 그러나 가정생활은 정상이 아니었다. 술만 마시면 정신이 쏙 나가도록 집을 헤집어놓았다. 그때마다 나는 도망가 숨어 있어야 했다. 술 깨면 다시 오고…. 그런 사건들이 너무 많았다. 퇴근하고 집에 오면 술독에 빠진 그가 으르렁거린다. 곧장 분노가 올라오면 다 깨버린다. 폭력으로 전과가 쌓여갔다.

사람들은 그때 왜 안 도망갔냐 하지만, 이혼하면 그가 곧 죽을 것 같아 불쌍해 못했다. 그때 너무 순수했는지 내가 괴로운 건 생각도 못 했다. 그야말로 자폐아였다.

너무 험한 것도 많이 보면 면역이 쌓이는 법인가. 참는 것도 면역이 생겼다. 지금 생각해보면 다 품어준 마음이 잘했던 것 같다. 부딪쳤으면 헤어졌을 것이다. 이혼해서 한 사람 죽이는 것보다 이혼 안 하는 게 낫지.

그때는 그런 마음이었다. 잘해주면 언젠가 나아지겠지. 학교에서 애들과 함께 할 때는 잊을 수 있어 좋았다. 그 시절 좋아했던 노래가 김세환의 '사랑은 언제나 오래 참고'였었다. 나도 나름대로 바깥생활 즐기며 사람도 만나며 감정을 털어냈다.

남편은 여전히 방황 중이었다. 주사와 기행도 계속되었다. 그렇게 17년이 흘러도 안 되니 우울증이 왔다. 죽고 싶다…. 나에게도 한계가 왔다. 이혼을 생각했다. 엎친 데 덮친 격일까, 의대를 준비하고 있던 아들이 갑자기 신학을 하겠단다. 그때까지 나는 불교에 심취해 있었는데…. 마지막 1%의 희망마저 무너지는 절망이었다. 남편은 아들놈이 우리 집안 망쳐놨다며 고래고래 소리 질렀다. 그대로 놔두면 죽음이 나를 삼켜버릴 것 같아 한 달 반 병원에 입원했다. 남편이 폐교에 들어가 생활하고 있을 때였다.

실존자가 더 이상 참지 못하고 소리를 지른다.

"자네 정말 과거에 아내에게 못 할 짓을 많이 했구먼. 자네 아내였기에 망정이지 다른 여자였으면 벌써 도망가고 말았을 거야. 그러면 오늘의 자네도 없는 셈이지."

입술이 파르르 떨렸다. 장애아 그림 그린다면서 아내의 마음 하나 제대로 이해하지 못했다는 자책감이 밀려왔다. 아내에게 저토록 고통을 줬다니…. 남은 평생 아내를 위해 살아줘도 모자랄 판이었다.

아내의 영화는 계속 이어졌다.

희망

죽으란 법은 없다. 그 절망의 밑바닥에서 희망의 싹이 피어올랐다. 아들이 서울의 총신대학을 다니다 방학이라고 집에 내려왔다. 나를 위해 6개월 새벽기도를 했다는 것이다. 뜻밖의 말에 반발심도 사라져버렸다.

이게 뭘까? 혹시 내가 너무 불쌍해 살길을 열어준 것일까? 나는 혈육의 정에 이끌렸다. 나도 모르게 교회라는 곳에 첫발을 디뎠다. 그리고 아들이 했다는 새벽기도를 나도 시작했다. 3일째 되는 날 내 깊은 곳에서 울분이 터져 나왔다. 영혼의 절규였다. 무작정 옆에 있던 그를 붙들고 그 누구에게도 털어놓지 못했던 내 깊은 사연을 다 토해내며 죽고 싶다, 이야기했다. 남편 뒷수습하느라 빚이 몇억에, 월급 타면 차압으로 나가고 남는 게 없던 시절이었다.

새벽기도는 한 달간이나 계속됐다. 어느 한순간 가슴에 따듯한 기운이 감싸는 게 느껴졌다. 그렇게 마음이 평온할 수 없었다. 사람들이 모두 다 나간 후에도 그 자리를 뜰 수가 없었다. 따듯한 기운은 어둠과 상처로 뭉개진 내 마음을 깨끗이 닦아주고 있었다. 나는 점점 벅차오르는 마음을 주체할 수 없었다. 그것은 인간의 세계에서 경험할 수 없는 신적 체험이었다.

다음 날 모든 게 감사하고 아름다웠다. 내 안에 사랑이 들어왔다. 그토록 원망스럽던 남편이 그리 보배로울 수 없었다. 그 귀한 남편을 원망했다니… 저절로 눈물이 주르륵 흘렀다. 여전히 남편은 나를 이상한 나라에서 온 여자라며 알코올을 더 좋아했지만 그런 모습마저 소중히 여겨졌다.

남편의 자존감을 세워주고 싶었다. 너무 아픈 상처에 자존감이 짓밟힐 때로 짓밟힌 그다. 아들이 나를 위해 새벽기도 했듯 나도 남편을 위해 새벽기도 해야겠다는 결심이 일었다. 남편은 여전히 내가 교회에 미쳤다며 공격했고 심할 때는 핍박이 다섯 시간 이어지기도 했지만 나는 그가 밉지 않았다. 내가 그를 미워하지 않았

_나비효과 2015, oil on Canvas 160.2x521.2cm

기에 그의 공격은 점점 무뎌져 갔다.

1년 반의 세월이 지난 어느 날 새벽기도가 끝났고 돌아왔을 때였다. 남편이 술을 끊겠다, 했다. 그토록 우리 가정을 파괴하던 술을! 섭리, 그 순간 나는 섭리가 느껴졌다.

한 번도 눈에 들어오지 않았던 남편의 작품이 눈동자에 맺혔다. 아! 그 작품에서 그의 영혼이 느껴졌다. 남편의 자존감을 해결할 방법이 스치는 듯 보였다.

그래 이제부터 나도 남편의 작품을 위해 살아야겠다!

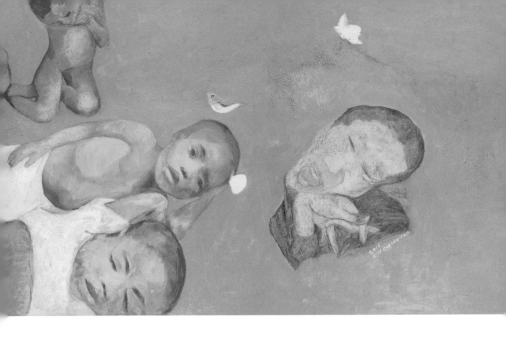

"아내의 고백을 들어본 느낌이 어떤가?"

나는 가슴이 먹먹해져 말을 이을 수 없었다. 무엇보다 1도 아내를 이해해주지 못했다는 자책감이 밀려왔다. 이제 신을 만나 나름 진리에 접근했고 내면도 성숙해졌다 생각했건만, 나는 아내에게만은 여전히 어린애나 다를 바 없는 철부지였던 것이다. 나는 부끄러워 쥐구멍이라도 있으면 숨고 싶었다. 실존자는 그런 나를 붙들고 다시 어디론가 데려갔다.

_비명 2020, oil on Canvas 한지 46X53cm

5막

'
열린 미학
'

열린 미학 1
─ 일기책

　이곳은 어딘가. 이번에 실존자가 나를 안내한 곳은 영화관이 아니라 서가다. 그곳에는 책이 잔뜩 꽂혀있다.

　"이것은 자네의 일기책이라네."
　"예? 나는 이렇게 많은 일기책을 쓴 적이 없는데…. 나는 잘 보이지도 들리지도 않기 때문에 일기를 쓸 수도 없소."
　"물론 그렇겠지. 자네의 아내가 자네 대신 일기책을 썼으니…"
　"그게 무슨 말이오?"
　"자네는 새벽기도가 끝나고 나면 그때 느꼈던 것을 자네 아내에게 무수한 말로 쏟아내었지. 그 말을 아내가 다 기록해 이 일기책들이 만들어진 것이라네."
　"뭐라고요?"

　나는 너무 놀란 나머지 등골에 소름이 돋았다. 그것을 다 기록했다니…. 그래서 이 많은 일기책들이 만들어졌다니…. 나는 아내의 마음 씀씀이에 가슴이 먹먹해져 왔다. 도대체 그녀는 신이 나를 위해 보내준 천사가 아닐까.

사실 나는 새벽기도 때 주로 영적 체험을 구했으나 그때마다 신은 영적 체험과 함께 나에게 많은 삶의 깨달음을 던져주었다. 때로 신이 던져준 깨달음들은 너무도 놀라운 것이어서 이전에 구축해났던 거대한 나의 가치관들이 무너질 정도였다.

나는 그때 깨달은 철학들을 고스란히 그림의 미학에 녹여내려 애썼다. 하지만 그림은 추상적 표현이기에 구체적 전달에 있어 한계가 있었다. 그래서 깨달음이 생길 때마다 아내에게 말해주곤 했었는데…. 그걸 아내가 다 기록한 모양이다.

그 순간 내 일기의 텍스트들이 낭독되기 시작한다. 글들은 나 특유의 구어체 느낌이 살아 있어 생생한 느낌으로 내 추억을 두드린다.

지적장애아들의 영감

지적장애아들은 맑은 영혼끼리 만나면 서로 암시를 준다. 나는 섬에서 3년간 왔다 갔다, 하면서 영혼과 영혼이 만나는 것을 직접 보고 체험한 사람이니 이것을 안다.

한번은 다운증후군 아이들과 소파에서 자고 있는데 "아빠, 아

빠" 하면서 나를 사랑한다는 소리가 들렸다. 아이큐 40~50밖에
안 되는 아이들인데도 순수하게 날 좋아한다는 것이 느껴졌다. 그
아이들이 갑자기 "아빠, 아빠 불났어요" 하면서 화급히 나를 깨웠
다. 놀라서 눈을 떠보니까 우리 집 언덕이 활활 타고 있었다. 조금
전에 소각한 게 튄 모양이었다. 그래서 얼른 끌 수 있었다.

　　장애아 그림은 누가 사지 않는다. 그냥 줘도 걸려 하지 않는다.
이것은 장애에 대한 사회적 인식이 여전히 안 좋음을 그대로 방증
한다. 꿈에 이 애들이 나타나 나에게 복권번호를 알려줬다. 그런
데 앞자리는 안개처럼 희미하게 알려주고 뒤 4자리는 선명하게
알려줬다. 나는 이것을 증거로 삼고 싶어 10만 원어치를 샀다. 놀
랍게도 뒤 4자리 수가 정확히 맞았다. 하지만 희미한 앞자리가 안
맞아 1등을 하지 못했다. 그때 만약 복권이 됐다면 그림을 안 그렸
을지도 모른다. 애들은 이런 나를 정확히 알고 그에 맞게 암시를
준 것이다. 자기들이 날 지켜줄 테니 자기들 이야기를 그려달라는
것이다.
　　그때 나는 이 애들이야말로 천사다, 라는 확신을 가졌다. 장애아
들은 세상에서 최고 낮은 자다. 그렇지만 나는 이 아이들이야말로
들꽃처럼 별들처럼 살아가고 있다는 생각이 들었다. 그렇게 이 아
이들을 주인공으로 한 '들꽃처럼 별들처럼' 전시회가 시작되었다.
하지만 건강 문제 등 현실적으로 부딪치는 문제 앞에 포기하고픈
마음이 들었던 적이 한두 번이 아니다.

그러던 어느 날 유네스코에서 갑자기 아프리카에 문화지원을 원한다는 연락이 왔다. 순간 힘이 불끈 올라 당장 오케이 했다. 아무것도 없는 상태의 아프리카에 유를 만들어낼 기회를 잡게 되었다는 생각이 들었기 때문이다. 이것은 신의 사명이다. 아프리카에 죽는 한이 있더라도 가야 한다. 이건 어마어마한 것이기 때문이다.

하지만 아프리카까지 가려 해도 돈이 없었다. 그러나 돈이야 만들면 된다. 나는 우리 애들이 도와줄 거라는 확신이 들었다. 돈을 마련하기 위해 여러 대표를 만나고 있는데 허락된다면 아프리카에 가서 3개월을 지내며 지도하고 싶다.

이것은 명예를 위한 것이 아니라 가치를 위한 것이다. 이런 가치를 만들어나가기 위해서는 그림만으로는 한계가 있다. 이 내용을 담은 책을 만들어야 한다. 동역자들을 만나야 한다. 그중 한 사람이 이이남 작가다. 그 사람이 순수해서 나와 맞다. 이이남 작가 것이랑 내 것이랑 협력해서 대중에게 다가갈 수 있는 길을 열고 싶다. 대중매체로 음악 하는 친구들과 컴퓨터 작업도 곁들이며 젊은 애들의 슬픔과 아픔을 담은 문화를 만들고 싶다. 세계를 돌아다니면서 이것을 해야 하겠구나, 하는 꿈을 꿨다. 하지만 내 한계를 느낀다. 성과물을 기록물로 남기고, 그 현장의 기록을 다큐멘터리로 남겨야 하고, 그다음 단계로 쭉쭉 나아가야 하는데 혼자 힘으론 역부족이다. 보조역할도 필요하고….

하지만 지적장애인은 불가능한 것을 가능케 만든다. 사람들은 안 된다는 관념이 많지만, 이 애들은 막 태어난 순수성을 가지고 있다. 이것을 그대로 전파만 시키면 된다. 이 애들도 화가가 될 수 있다. 자폐를 갖고 있지만 내가 애들한테 배운다. 어마어마하게, 내가 놀랄 정도의 에너지를 갖고 있다. 이들을 작가로 데뷔시키고 싶다. 사람들은 불가능하다고 하지만 이 애들의 작품이 나오는 순간 엄청난 메시지가 나올 수 있다. 이것을 사회적 미학으로 접근해 나가야 한다.

이를 위해 기업의 후원이 뒤따라야 한다. 하도 답답해 이번에 삼성 이재용 부회장도 만나보려 했다. 만약 삼성이 여기에 투자한다면 삼성이라는 마인드가 바뀔 것이다.

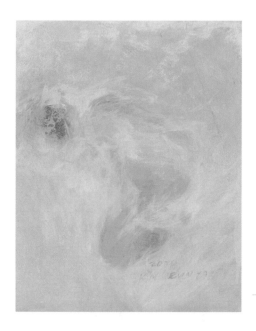

_여인 2020,
oil on Canvas 한지 50x73cm

신의 영역

중세의 예술가들은 신의 영역에 들어가기 위해 그림으로 표현하곤 했다. 나도 자폐아를 통해서 그러한 도전을 시도하고 있다. 이런 위대한 발견은 한 명만 알아주면 된다. 사람들은 보석을 모른다. 옆에 있어도 못 느낀다. 어려운 그림일수록 현시대에서는 더욱 몰라본다.

제일 중요한 것은 진리에 접근하는 자기 철학과 미학이다. 진리는 절대 변하지 않는 것이기에 그만큼 어렵다. 그래서 나는 이 각도와 패턴을 맞추어서 일하기 위해 부단히 노력하고 있다.

나는 지금 내가 그리는 그림이 위대한 일을 하고 있다고 느낀다. 따라서 끊임없이 얘기하고 흔들림 없이 가야 한다. 굴곡이 있지만 이것은 진리이기 때문에 계속 가야 한다.

간암 환자가 피를 토하듯이 우리 영혼도 괴롭고 힘들면 부글부글 소리가 난다. 발달되어 있는 감촉이 있다. 그것을 발견했다면 또 가야 한다. 영혼의 사닥다리를 타고 계속 올라가면 죽음을 초월한 대 자유를 느낄 수 있는 시공간을 만나게 될 것이다. 불가능한가? 나는 아니라고 생각한다.

들꽃처럼 별들처럼

신하고 얘기할 수 있는 것은 공간을 초월한다. 불순물을 토하듯이 계속 나오고 연기처럼 사라진다. 우주로 싹 날아가 버린다.

사람이 죽으면 누구는 땅속에 들어가고, 누구는 갈아서 강에 뿌리고, 항아리에 묻는다. 그 사람을 기억하려고 그런 것이다.

서양에서도 죽음에 관한 수 없는 이야기가 있다. 루브르 박물관 지하에 가면 지푸라기로 조형해 놓은 것이 있는데, 거기에서 신석기, 고대 냄새가 난다. 난 충격적이었다. 왜 거기 지하에다가 작품 전시를 해놨을까? 이것이 우리와 다른 부분이다. 우리는 자체를 보여주려 하지만 서양 사람들은 철학을 가지고 거기에 맞게 지하에 놔둔 것이다.

본질을 봤다는 면에서는 피카소보다 죽음이 더 위대하게 느껴졌지만 사람들은 여전히 죽음을 싫어하고 영원히 살고 싶어 한다. 화려한 모습으로 살고 싶어 한다. 그래서 더 찌그러지고 일그러지는 줄 모르고….

돈 많은 사람이 기계처럼 움직이고 있다. 돈이 돈을 벌고…. 왜 이런 현상이 일어날까? 지구는 지금 급속도로 커지고 있다. 그런데 이것이 바로 성경에 나오는 바벨탑이다. 빨리 깨달아야 한다. 못 깨닫고 있다.

이에 대해 하나님을 믿는 사람도 이 이야기를 하지 않는다. 왜?

듣기 싫어서이다. 지금 그런 지도자들도 없다. 오직 예수만이 우리에게 메시지를 던졌다. 아이처럼 되지 않으면 천국에 들어갈 수 없다 했다. 아이처럼이란 '순수함' 또는 '이상'이다. 우리가 생각하는 그 순수함이 아니라 영혼의 순수함이다.

우리가 하나 잊지 말아야 할 것은 우리 인간이 숭고하다는 점이다. 그래서 내 속의 신성이 발현되어야 만이 진정한 관계를 이어갈 수 있다. 이것이 우리 인간이 추구할 길이다. 왜? 우리의 근본이 신에게서 나오기 때문이다.

나는 지적장애인의 순수한 아름다움을 그냥 내 의견 없이 그대로 눈에 보이는 대로 그렸다. 물론 나도 거짓일 수도 있다.

애들 그림을 보면 엄청난 것이 있다. 한 아이는 계속 매미만 그린다. 그 그림을 보고 있으면 내 귀에 매미 소리가 막 울린다. 그제야 난 애에게 "네가 매미를 그린 이유를 알 것 같다"라고 말해준다. 아이들은 우리가 발견하지 못한 것을 발견한다. 그림을 통해 소리까지 볼 수 있었으니.

그것이 바로 문화 예술의 가치다. 장애인들을 도와주고 밥 먹여주고 그런 것이 아니라 이것을 통해 변하는 것, 이 불가능한 것을 나는 시작했고 같이 전시했다. 이것이 사회적 가치요, 사회적 이야기다.

나는 그 애들을 통해서 영적 세계를 작품으로 표현해야 한다. 그래서 지금도 쉬지 않고 계속 기도하며 작품 활동을 하는 것이다.

100m 작품으로 파리에서 엄청난 호응을 받았다. 그때 눈 쪽에 뇌출혈이 왔는데 원인을 발견 못 했다. 내 생명하고 작품을 바꾼 셈이었다. 뒤이어 귀로 왔다. 다 연결되어 있기 때문이다. 나도 점점 장애아들을 닮아가고 있었다.

평생 말도 못 하고 누워서 살고…. 그래서 그 애들을 '들꽃'이라 했다. 인간이 태어나서 죽고 난 후에는 무엇인가 있을 것이다. 그래서 '별들처럼'이라 했다.

포기하고 버리고 싶어도 그 애들이 각인됐다. 천사다. 그 애들이 신기하게 나를 도와주기 때문이다. 옆에서 도와준다. 불가능하다고 생각했던 것들이 가만히 있어도 만들어진다.

내가 마지막으로 하고 싶은 것은 오페라다. 오페라는 문학, 음악, 그림의 총망라이다. 세계적으로 다 모아서 '벤허'처럼 만들고 싶다. 이런 것들은 가치가 된다. 혁명이다.

이런 꿈을 꾸게 하는 것도 아이들이다. 유네스코 전시회 때 아프리카 문화지원이 또 온다. 자꾸 지경을 세계로 넓히려 한다. 내 목숨이 허락된다면 이 뜻을 다 이루고 가고 싶다. 다른 게 없다. 그 애들에게도 그림을 그리게 하고 싶은 것이다. 그러기 위해 돈이 필요하다. 나 자체는 돈이 필요 없는데 그 아이들을 위해서는 돈이 필요하다.

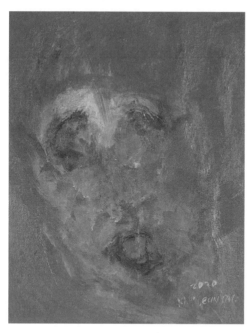

___자유 2020, oil on canvas 43X53cm

자유

우리는 자연현상을 바라보면서 신이 있다고 이야기한다. 높은 경지에서 저 위에 보이지 않는 성령의 힘이 있다고 이야기한다.

신의 특징은 보이지 않는 데도 힘을 작동한다는 점에 있다. 이 때문에 인간들은 어려움에 봉착했을 때 신에게 눈물로 하소연하고 자신들의 한을 올려드린다. 이것이 영적 세계에서의 관통이다.

나는 기도할 때 신에게 직접 이야기하기보다 감으로 이야기한다. 예술 하는 사람들은 그 감들이 많이 발달되어 있다. 누가 생각 지도 못한 감들이…. 그런 것들을 때때로 끄집어 내야 하는데 그 중심에 있는 것이 자유다!

성경 말씀에 자유의 비밀이 다 나와 있다. 하지만 인간들은 그 자유의 비밀에 접근조차 하지 못한다.

그림은 형상이다. 형상은 말을 할 수가 없다. 이야기를 써야 하는데 그래서 필요한 것이 글이다. 글은 직접적인 화법이다. 직접적인 화법은 리얼리즘이 제일 빠르다. 그런데 리얼리즘 가지고는 안 된다. 리얼리즘도 하이퍼 리얼리즘, 사회적 리얼리즘이 있다. 그러나 그것 가지고도 안 되고, 전 세계적인 화가가 되려면 사상이 더해져야 한다. 공자와 맹자가 동양 사상을 만들었다. 나도 왜 인간이 태어났는가? 근원을 밝히려고 수없이 노력했다. 그래서 지금 예수까지 와 있다.

고흐

핏줄이 막히면 쩌릿쩌릿 이상 현상이 나타난다. 육신이 아프니 몸이 깜짝 놀란다. 육신은 죽음하고 똑같다. 그래서 괴로워하고 마음속에 병을 기른다.

나이 먹으니까 때가 묻고, 생각이 굳어지고… 제일 무서운 게 지식인들의 고집이다. 책을 많이 읽으니까 나름대로 세계가 만들어져 있다. 그래서 절대 자신의 속을 내놓지 않는다. 왜? 내놓으면 연약한 모습이 다 보이기 때문이다. 하지만 이것은 속으로 사기를 치고 있는 것이다.

사실 인간의 고통, 모멸은 이미 예수의 십자가 피로 다 끝나버렸다. 그런데 거기에 인간이 또 못을 박는다. 계속 악순환이 계속되는 것이다.

조금 깨달은 사람은 광야에서 외친다. 이미 맛을 봤기 때문에 은혜의 축복이라 한다. 하지만 그들도 더 깊이 들어가 보면 결국은 명예, 권력, 돈인 걸 알 수 있는데 그들은 이것을 못 깨닫는다.

대우주의 논리를 보면 별빛의 길을 발견한 고흐는 대단하다. 그래서 지적장애인을 만나기 전에 고흐를 좋아했다. 고흐의 아픔, 고통, 돈, 선교사로서 탄광촌의 삶 등이 내 고통, 아픔, 신앙과 오버랩됐다. 그 오버랩이 지적장애인들과 연결되어 그들의 아픔과 고통이 내 혼 속으로 들어왔다.

죽음

성경의 진짜 핵심에 도달하면 죽음까지 자유스러워진다. 죽음까지….
내가 죽음에 관해 공부를 많이 해놨기 때문에 그 비밀을 캐면 죽음
의 자유가 이루어질 수 있을 테다.

인생의 어느 때가 되면 이제 과정보다 정리로 들어가야 한다. 그림도
마찬가지다. 그런데 내가 아직 그것이 안 되어 있다. 아무리 겉으로 압
력을 가해도 내면까지 느껴져야 자연스럽게 나오는 법이다.

_웃음 1996, oil on canvas 160x130.3cm

그런데 사람들은 때를 못 가리고 앞으로만 나아가다 다 실패를 맛본다. 딱 하나만 깨달으면 되는데⋯ 딱 하나만 깨달으면 전체를 다 차지하는 것은 아무것도 아닌데⋯ 많은 걸 잘할 필요는 없다.

본질

장소는 공간적 차원이며 우주적으로 봐야 한다. 내가 살고 있는 현실에서 보냐, 아니면 미래의 관점에서 보냐도 엄청 중요하다. 그런 패턴을 정해야 한다. 거기서 구성이 치밀하게 들어가야 한다.

가치를 어디에다 두느냐도 중요하다. 일반적 가치를 적용할 때 가치론의 설정 문제도 필요하다. 팜플렛을 만드는 것처럼 각본도 짜야 한다.

나는 지적장애인을 주제로 세계적인 영화를 만들려는 꿈이 있다.

세계적 영화를 만드는 목적은 물론 장애인과 비장애인의 합일에 있지만 우선은 재밌게 만들어 대중 속으로 보편화시키는 것도 필요하다.

이는 진리를 찾고자 하는 문제이며 사람들은 자폐 문제를 다 알고 있다. 그러나 내가 자폐라는 사실은 전혀 모른다.

고흐가 싸웠던 치열한 문제가 뭐냐면 돈을 뛰어넘어 내가 왜 사느지의 철학이었다. 그는 이 문제를 작품을 통해서 뚜렷이 드러내었다. 나도 화가로서 본질의 문제를 잃어버리면 안 될 것이다.

＿들꽃처럼 별들처럼1 1996, oil on canvas 130x210cm

예술

사람들은 예술이 특권이라 생각하고 그래서 예술이 어렵다고 이야기한다. 또 예술을 흉내 내는 예술가들도 있다. 이때 서로 대적하는 게 뭐냐면 물질하고 예술이다. 이 둘은 완전히 다른 것이다. 예술은 정신적인 것인데 물질한테 속아버리면 추해진다.

그림을 그릴 때 물체를 통해서 색깔을 통해서 느끼게 해줘야 한다. 내가 못 느꼈던 부분을 이 사람은 느끼고 있네, 하고 자연스럽게 들어오게 해주어야 한다. 이것이 문학적으로는 하이퍼 리얼리즘이라고 한다. 극사실주의!

일반적 예술가들은 심미주의 쪽으로 다루는 경우가 많다. 자기만 느끼는 것이다. 이들의 문제는 지적장애인을 예로 들 때 그들을 별개의 삶이라 생각해 버리는 데 있다.

늙은 사람은 얼마 안 남았으니까 절망을 한다. 늙은 사람들, 글 모르는 사람들이 80~90세 돼서 왜 글을 배우려 하겠는가? 그것도 가치이기 때문이다. 자기를 알아가는 가치… 그 자체가 너무 아름다운 것이다. 그 순수성….

지적장애인에서 끄집어낼 수 있는 것은 맑고 깨끗함이다. 그걸 통해서 자신의 자화상을 보게 할 수 있다. 만약 그림을 통하여 그것을 경험하게 해줄 수 있다면 그 그림은 엄청난 그림이다. 글을 통하여 내가 지적장애인이 돼서 빨려 들어가게 할 수 있다면 그 글도 엄청난 글이다.

표현

화가들은 그림을 그리면서 자신이 원하는 색깔들이 풍성하게 나올 때 희열을 느낀다. 하지만 원하는 색깔이 잘 나오지 않을 때 감상주의에 빠지며 한 시간 두 시간이 훅 지나가 버린다.

이럴 때 패턴을 잘 잡아야 한다. 내가 물건을 가지고 있지만 전체를 분석하고 쪼개는 것, 그것을 구조적으로 잘 짜면서 완성도를 만들어가야 한다.

나는 표현하려고 하는 것이 많이 있었다. 그런데 내면에 있는 것을 밖에 그린다는 것이 쉬운 게 아니다. 그림이 그렇다. 어둠과 밝음은 3단계 중의 1단계밖에 안 되는 쉬운 것이다. 밝음이 있어도 밝은 것을 계속 쪼개어 나가야 한다. 그것이 대가들이 걸어가는 길이다. 나는 이런 것도 하나의 이론으로 이야기하고 싶다.

나는 말할 때 제스쳐나 감정 표현에 자신 있다. 그런 면에서 내가 연극배우 하면 잘했을 것 같다. 배우는 온몸으로 느낀 것을 표출하기에 관객에게 감동을 선사한다.

온몸으로 느끼지 않는 사람은 뭔가 어색하다. 왜냐하면, 자기 머릿속으로 짜깁기를 해야 하기 때문이다. 온몸으로 느끼는 사람은 있는 그대로 20~30년을 그렇게 살아왔기 때문에 가능한 것이다.

나 역시 삶을 온몸으로 느끼며 살아왔다. 거짓말을 하지 못한다. 그대로 살아왔으니까. 이것이 내 장점이다. 이 때문에 사람들이 나를 보면 변화를 많이 한다. 나로부터 공감을 일으켰기 때문일 것이다.

__들꽃처럼 별들처럼2 1998, oil on canvas 130x210cm

영적 미학

예수의 십자가 사건과 부활 사건도 미학적 측면에서 바라볼 수 있다. 그래서 수많은 화가가 이 장면을 그림으로 묘사하였다.

그런데 이 십자가 사건은 내가 지적장애인을 그리는 것과도 연결된다. 예수는 십자가와 부활 사건을 통하여 생명을 맛볼 수 있게 했고, 나도 지적장애인을 그리면서 생명을 맛보았기 때문이다.

예수는 병든 자들, 창녀들에게 기적을 일으켰고 김근태는 지적장애인들을 통해 기적을 이뤄냈다. 사람들은 모두 불가능하다고 했는데 그 일이 이뤄졌으니 기적이다. 그런 면에서 나는 예수 그리스도와 함께 존재함이 분명하다.

나의 기적은 현재진행형이다. 지금도 놀라운 일이 계속되고 있기 때문이다. 나의 기적은 내 목숨 끝날 때까지 계속될 것이다.

그런데 나의 기적은 어떻게 일어나고 있을까?

우리는 어떤 문제를 다룰 때 영적인 문제와 혼적인 문제 그리고 육적인 문제를 잘 생각해야 한다.

인간은 영혼육 세 가지로 존재한다. 우리는 영이 존재하는데도 눈에 안 보이니까 없는 줄 안다. 나머지 혼과 육은 사람들이 대충 알고 있는 바다.

우리가 살고 싸우는 것이 다 혼의 역사다. 육의 작용을 위해 먹고, 싸고, 돈 벌고 하는 역사가 이뤄지고 있다. 그런데 정작 중요한 영에 대해서는 잘 모르고 있다. 이것이 복음이다.

영이란 무엇일까? 기도하고 찬송하면 영의 세계를 맛볼 수 있을까? 죽은 자들은 말이 없다. 5.18에 죽은 영혼들, 얼마 살지 못한 들꽃처럼 별들처럼 스러져간 애들…. 모두 죽은 영혼들이지만 말이 없다.

내가 생각하는 영은 현재 사람들이 올바로 살고 있냐? 하는 질문에서 시작한다. 이것을 다 끄집어내서 다 용서하고 사랑하면 다 풀릴 것이다. 풀려야 만이 영적 세계를 볼 수 있다.

지적장애아를 계속 그리다 보니까 맑고 순수한 영혼만이 이 애들을 볼 수 있음을 알게 되었다. 우리의 관념으로 절대 알 수 없다. 하지만 이 애들은 알고 있다. 파리에서 만난 친구가 평소에는 자신의 형(장애인)을 그렇게 안 봤는데 내 장애아 그림을 보고 형을 용서하며 웃고 있었다.

이것을 깨달은 사람이 영성을 얻을 수 있는 것이다. 지적장애아들은 현실에서 정상인들처럼 뭐를 제대로 하지 못한다. 하지만 이 애들은 죽을 때 천사의 모습으로 돌아간다. 이것을 구체화하고 느끼게 하는 것이 내 몫이다.

지금 나는 그것을 가지고 간다. 나는 어렸을 때 매일 죽음의 두려움 속에서 살았다. 5.18의 깊은 상처로 울었다. 그 아픔을 지적장애아들을 통하여 회복할 수 있었다. 무엇보다 내 속의 근원적인 영의 존재를 알아차리고 커다란 신의 은총 속에 감격할 수 있었다.

사람들은 이런 이야기들이 현실에서 일어나고 있는데 단지 못 느끼고 있을 뿐이다. 나는 이것을 알게 되었고 그래서 오직 이 길로만 가고 있는 것이다. 방법은 작품으로, 미학적 가치로이다.

명예와 권력은 이 땅에 아무 필요가 없다. 그것은 산 자들의 몫
이다. 나도 영의 가치를 몰랐을 때는 그렇게 이루려 했지만 지금은
더 나은 가치를 위해 나아가고 있다. 나의 너머에는 무엇이 있을
까? 고흐다. 고흐가 미치도록 저 위에서 웃고 있다.

나는 그 높은 숭고한 가치를 가지고 살아온 것이다. 아무것도 안
들리지만 절망하지 않고 감각으로 살고 있다. 나를 물질에 한정시
키지 말고 하나씩 끄집어 내야 한다. 우리는 원래 자유로운 영혼이
었다.

내가 주장하는 '나는 자폐아다 그러므로 자유로워질 것이다'는
그런 이야기다. 복잡하고 난해한 게 아니다. 나도 똑같은 사람이고
단지 생각에 차이가 있을 뿐이다.

의인 한 명만 있으면 이 땅을 구원한다고 했다. 의인 한 명이 없
는 것이 우리 인간의 한계다. 육체를 입은 인간의 한계다. 그러니
노력밖에 없다. 나는 완성할 수 없고 하나님의 영 만이 완성할 수
있다.

이를 틈 타 사이비가 나타나고 교주들이 나타나는 것이다. 그러
나 완성은 하나님이 하시는 거다.

천주교 신부인 헨리 나우웬이 인간의 한계를 발견했다. 그는 즉

_들꽃처럼2 1998, oil on canvas 41x53cm

시 다 버리고 장애인 공동체로 들어갔다. 늦게 발견한 것이다. 나
도 어렸을 때부터 계속 고민했던 부분이다. 나의 아픔을 통해서….

예술의 자유

우리는 관념, 시간관념, 그것이 전부라고 생각하며 살고 있다.
하지만 그걸 넘어서야 우주 공간에서 자유롭게 살아갈 수가 있다.
이 관념 때문에 차 운전하고 있어도 사물에 얽매인다. 내 생각과
내 안에 있는 모든 것들이 거기 쌓인 만큼 볼 수 있다.

같은 삶을 사는데 보임에 따라 엄청나게 자기 능력을 발휘할 수도 있고 아닐 수도 있다. 관념 자체를 깨야 한다. 똥을 싼다, 오줌을 싼다, 밥을 먹는다, 이것은 계속 진행 중이잖는가.

그것이 없을 때가 죽음이다. 우리 영혼의 문제는 그것과 별개의 문제로 계속 진보를 하고 있다. 신의 나라, 하나님 나라에 더 가까워지고 있다. 무작정 가까워지는 것이 아니라 역할에 따라 차이가 있다. 사람마다 존재하지만 역할의 문제들이 다 다르다. 예술, 정치… 그러나 지금 노예가 됐다는 건 자기 꾀에 자기가 속았다는 뜻이 된다. 인간이 만들어놓은 굴레에서 벗어나질 못하고 있는 것이다.

세상은 물질 문명적 사고가 다 지배를 하고 있다. 하지만 태어남과 죽음을 많이 생각해야 한다. 거기에 답이 있기 때문이다. 사람들은 여전히 영적인 것들이 뛰어난데도 발견을 못 하고 있다.

옛날 5~6세기에 거장들이 많이 등장했다. 왜? 그 시대와 비교하면 지금 우리는 미개인 쪽에 사는 것이다. 돈 많은 자들이 전부 지배하는 세상이다. 이것은 요한계시록에 나오듯 용의 세계다.

아프리카의 순수함도 이들이 돈을 주고 사면서 다 깨져버렸다. 그들이 거대한 용들이 되는 것이다. 그런데 거기다 대고 굽실거리고 있는 형국이다. 그들은 바벨탑 안에서 떵떵거리며 누리고 살면서 가난한 자들을 억압한다. 마르크스와 엥겔스는 이것을 착취라고 했다. 우린 그걸 모르고 있어 속고 있는 것이다.

　순수한 혁명은 오직 예술로만이 일으킬 수 있다. 천안문사태도
예술 혁명이 일어나서 다 파괴해 버린 것이다. 의식이 깨이면 수천
명이 모인다. 그래서 세상을 바꾼다. 왜냐하면, 오직 예술만이 자
유롭기 때문이다.
　독재자들은 자유를 억압한다. 착취하려고… 자유는 예술에서 나
온 것이다. 자유는 사고, 생각… 먹는 것보다 중요하다. 이것이 예술
에서 나오는 것이다.

＿자연+인간 1998, oil on canvas 46x53cm

그런데 예술은 권력을 잡지 않는다. 예술은 권력이 없다. 그래서 순수한 것이다.

예술가들은 배고프고 힘들고 고달프게 살아도 죽을 때까지 자유를 추구하고 산다. 정신적인 세계에 목적과 가치를 두고 살기 때문이다. 그림 팔려고 하는 사람은 예술가가 아니라 장사꾼이다. 세상에 제일 위대한 것은 정신적인 가치다. 역사적으로 그걸 넘어선 적이 없다.

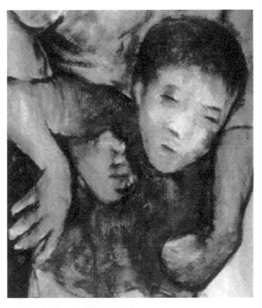

_걷고 싶어요 1996, 천+먹 46x53cm

미학적 세계

꿈이 아니라 미학적으로 접근하고 그것을 세계로 확산시켜야 한다. 여기에 오페라와 뮤지컬의 형식을 이용하고 싶다. 대서사시로 하면 한방에 변화를, 혁신을 시켜버릴 수 있기 때문이다. 그러면 화가가 이상한 장르를 가지고 움직이네, 하면서 비꼴 수 있지만, 그것은 개의치 않는다. 나는 그림 이상의 가치를 위해 뛰고 있기 때문이다.

내 전시회의 주제는 '나는 자폐아다…'로 대립과 분열이 아닌 치유와 화합에 그 목적이 있다. 상품권도 함부로 복제를 못 하는 것처럼 이 전시회의 모든 작품도 이 주제를 맞춰 탄생해야 한다.

한국은 복제를 엄청나게 좋아하고 성행하는 나라다. 그래서 '들꽃처럼 별들처럼'도 항상 밑바탕에 깔아 놔야 한다. 쉽게 나온 것이 아니기 때문이다.

들꽃 30년을 통해서 '나는 자폐아다'가 치고 나와야 한다. 이것을 가지고 세계로 뻗쳐나가는 가치를 만들어야 한다. 여기에 중심을 가지고 모이면 기술적인 문제들은 그냥 해결될 수도 있다.

나도 어느새 여기 와 있다. 이 일을 이루기 위해서는 사람을 만날 때 의도가 분명히 서 있어야 한다. 분열을 조장하는 사람들은 버리고 화합으로 가야 한다.

화합과 관련하여 나는 5.18을 떠올릴 수밖에 없다. 지금까지 5.18은 사람들한테 맨 싸움만 하고 그런 것만 많이 보여줬다.

그런데 결과를 어떻게 사람들한테 미학적으로 보여주냐 하는 문제는 이제 평론가들과 치열하게 논쟁해야 하는 부분이다. 여기서 아이디어가 나오면 파트별로 나눠 가지고 의논을 할 수 있다. 이때도 치열한 논쟁으로 작품이 나와야 한다. 이것을 해내지 못한다면 5.18의 화합은 가당치도 않다.

진짜 대부를 발굴하고 중심에 세우는 것이 중요하다. 돈 보고 달려드는 사람, 실력보다 아부하는 사람을 조심해야 한다.

뜻은 크게 품되 세부적인 일 처리는 세세한 부분까지 체크해야 한다.

40주년 5.18 행사

2020년은 5.18 40주년 기념의 해다. 따라서 이 행사는 국가적 차원에서 접근해 나가야 한다. 40주년 5.18 행사와 관련하여 나는 큰 계획을 품고 있다.

한 달 동안 무엇을 할 것인가 생각을 많이 했다. 모든 플랜을 할 때는 "나는 자폐아다 그러므로…" 이것을 넣어야 한다. 일부러 김근태를 안 넣는 것이다. 왜냐하면, 그걸 가지고 위장을 해서 사람

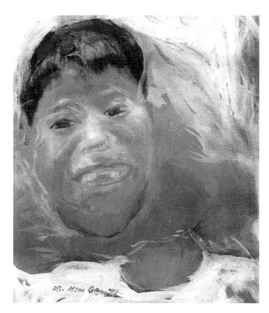

＿웃음2 1998, oil on canvas 46x53cm

들의 의식을 깨는 역할을 하기 위해서다. 또 '들꽃처럼 별들처럼'이 내 상징이 돼 있으니 항상 '들별'을 소주제에 넣어야 한다.

"나는 자폐아다 그러므로 나는 자유로워질 것이다…"라는 큰 타이틀을 가지고 세계로 나갈 것이다. 그런데 거기에 걸맞게 심포지엄이나 뒷받침이 이루어져야 한다.

나는 자유로워질 것이다, 라는 의미는 내가 어떤 형태로 하더라도 구애받지 않고 내가 생각한 바로 간다는 뜻이다. 그것이 자유로움이다.

세 개의 포인트를 가지고 가야 한다. 518, 지적장애인, 통일. 여기서 지적장애인은 뭐냐? 우리 전체를 깨우치는 것이다. 지적장애는 자유로움이랑 똑같다. 우리는 인간이니까 한정된 것이 아니다. 뭔가 무궁한 것이 나온다. 내가 항상 설명하는 것이 그것이다. 지적장애는 뭔가 더 앞서간다. 자유로움이 있으니까 더 앞서간다. 맘대로 표현한다. 우리는 거기에 맞춰 가야 한다. 틀 속에 있으면 더 이상 발전할 수가 없다. 5천 년 역사를 뛰어넘어야 한다.

통일은 국가를 끌어들여야 한다. 이것은 모호하지만 모든 인류는 자폐아이고 또 우리나라도 자폐아 국가이기 때문이다.

자폐아들이 직접 참여하는 프로그램도 있어야 한다. 전국적으로 흩어져 있는 자폐아 그림을 다 규합시켜서 한쪽에 대규모로 전시를 하는 것이다. 지적장애인도 전부 다 참여시켜야 한다. 거기다 한 코너를 줘야 한다. 자기끼리 포럼을 하고 행사를 만들고 이론이 뒷받침되어야 한다.

또 한 코너에는 인권 활동하는 사람들에게 줘야 한다. 인권 그림을 그린다든지, 심포지엄을 한다든지 각자 역할을 준다.

"나는 자폐아다 그러므로 자유로워질 것이다" 이 틀에서 모든 작업을 맡고 다 참여시키면 대규모가 된다. 그것과 매치시키면 전국적으로 큰 그림을 볼 수 있게 될 것이다.

나는 거의 몰입할 정도로 내 일기에 집중했다. 40주년 5.18 행사에 대한 기획들을 현실화시키러 나와 아내는 참 많은 사람을 만나고 다녔었다.

실존자가 다시 내 일기가 낭독될 시간이라는 신호를 보내온다.

열린 미학 2
－
미학의 가치

。

＿연인 2012, oil on canvas 41x43cm

공공미학

　사람들은 세상이 거창한 줄 알고 속고 충성을 다한다. 모르니까 일어나는 일이다. 하지만 어느 날 눈을 떠보니 이 모든 게 다 미학이다.

　사람들은 끊임없이 자기 것을 만든다. 공유로 가냐 안가냐 그 차이뿐이지. 어떤 사람은 자기 것을 만들었지만 산속에서 혼자 살다 죽어버린 사람도 있고, 어떤 사람은 자기 삶을 잘 풀어서 세상과 공유한 사람도 있다. 그 차이다.

　내가 떠드는 지팡이 미학이 있다. 지팡이로 기적을 일으키니까 그것이 신비하다. 모르니까 미지의 세계이고 그래서 종교로 믿게 되었다.

　석가 붓다가 온종일 "나무아미타불 관세음보살" 한다. 천주교도 묵주 놓고 "천지 성모님이여 비나이다 비나이다" 한다. 또 기독교도 "나의 하나님, 나의 하나님" 한다. 그러다가 일이 잘 풀리면 신이 축복을 주셨다고 한다.

　사람이 육체를 못 움직이면, 생각을 못 움직이면 인간으로서의 감동이 없다. 그런 사람은 보따리 지고 자기 혼자 가기도 힘들다. 그런데 거기에다 보따리를 하나 더 지어준다. 보통 사람은 생각지도 못하겠지만 이게 바로 차이다. 위대한 차이!

그러나 사람들은 조금만 어려우면 쉬운 데만 찾아가려 한다. 그런데 쉬운 곳을 찾으면 거기에 뭐가 있을까? 아무것도 없다. 사람들한테 혼란만 주고 차라리 못하는 게 더 낫다.

미학을 만들어내기 위해선 뜻을 같이하는 많은 사람이 동참해야 한다. 그래서 공공미학을 만들어야 한다. 공유를 같이 나누고… 이것은 나 혼자 깨달아서 될 문제는 아니다. 내 것도 다 써먹으라 하고 내놔야 한다.

내가 이것 감춘다 해서 돈 벌 것 같지만 사기꾼만 나타난다. 내 것을 다 오픈시켜 버려야 한다. 감추지 마라. 감추는 미학은 물론 그 사람의 신비는 있겠지만 그래서는 세상을 구하지 못한다. 세상을 구하는 것은 뭐냐? 내 것 한 점 없이 다 주는 것이다. 나의 미학은 거창한 것도 아니다. 그냥 평범하게, 조금만 신경 쓰면서 평범하게 같이 더불어 가는 세상이다.

상처가 나면 우리는 자기 자신을 특별히 생각하게 된다. 왜 특별하게 생각하느냐? 다른 사람이 나를 구별시키기 때문이다. 그래서 나는 특별한 존재가 되어버린다. 나를 구별시키지 않으면 나도 똑같은 사람이다.

있는 모습 그대로 봐주는 것이 중요하다. 같이 걷다 느려지면 지팡이 하나 주면 된다. 그리고 같이 가는 것이다. 그러면 되는 거다. 그게 느림의 미학이다. 목적을 이루려고 막 가다가 십 리도 못가서

발병이 난다. 똑같은 목적, 가치로 가는 것이 중요하다. 저 길은 뻔히 어려운지 알고 상대방이 얼마나 힘든지도 안다. 하지만 이 길을 함께 가는 것이 중요하다고 인식했다면 그 길을 가야 한다. 내가 월 500 벌었다고 놀 수가 없다. 가야 한다. 그것이 신의 길이고 영적인 지도자의 길이기 때문이다.

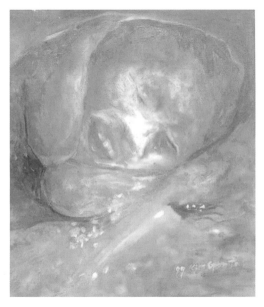

—기쁨 1998, oil on canvas 41x43cm

석진이

석진이를 통해서 만들어가신다, 석진이를 통해서….
아, 우리가 석진이한테 선택을 받은 거다. 김근태를 선택했다. 신

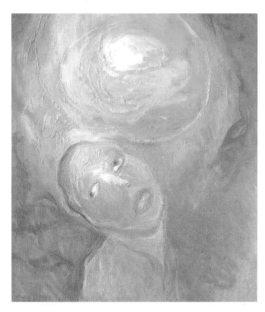

_기다림 1998, oil on canvas 46X53cm

이 선택하더라도 똑같다. 그 한 사람을 선택해 일을 만들어간다. 신은 자신이 직접 일을 하는 것이 아니라 인간을 통해서 자신의 꿈을 실현해간다.

예수 그리스도를 왜 보냈을까. 자기 아들을. 우리가 볼 때 신은 아무것도 없다. 제일 낮은 마구간에서 태어나 갑자기 신이라고 이야기한다. 그래서 유대인들이 난리 났다. 저게 무슨 신이야?

우리는 육신에 덮여서 혼에 덮여서 신을 보지 못하고 살고 있을 뿐이다. 그래서 지적장애인에게도 등급을 만든다. 하지만 신에게는 이 사람을 통해서 세상을 구체적으로 만들어내라는 선택만 있을 뿐이다.

석진이가 나한테 느낌을 줬다. 나를 통해서가 아니라 석진이를 통해서 이 모든 꽃이 피고 아픔들을 승화시켜 가는 것이다. 아! 이런 것이 있었구나, 그 정도만 세상에 가르쳐 주고 가면 성공이다.

여기서 보면 앞만 보이지만 반대로 보면 뒤만 보인다. 그러니까 각도가 중요하다. 어떻게 인생을 보느냐에 따라서 인생을 보는 관점이 달라지기 때문이다.

하나님의 각도로 봐야 한다. 그러면 하찮게 생각한 것이 그리 소중할 수 없다. 그런데 모든 사람은 그 시각이 아니다. 세상적 관점으로 본다. 학벌 좋고, 얼굴 잘생기고…. 그런 애들이 최고라고 생각한다. 이 세상 관점을 바꾸는 것이 굉장히 중요한 혁명이다.

책을 쓰는 순간 그것은 내 것도 아니고 석진이 것도 아니다. 따라서 자기 욕심을 넣지 말아야 한다. 한 점 부끄럼이 없어야 한다. 창피해도 좋다. 진리는 창피와 더불어 수반이 된다.

나는 석진이와 같은 빛이다. 그러나 인간들이 생각할 때는 어두움이다. 우리는 어둠과 밝음을 그런 식으로 나눈다. 일반적인 빛과 어둠에서 나오는 빛과는 완전히 다르다.

왜 내가 사람들에게 생명력을 부어 주느냐? 내가 체험했기 때문이다. 내가 거기에 갔기 때문에 그것이 어마어마하게 빛을 투사

시킨다. 공부해서 배우는 것도 중요하지만 제일 중요한 것은 광야
로 나가는 것이다.

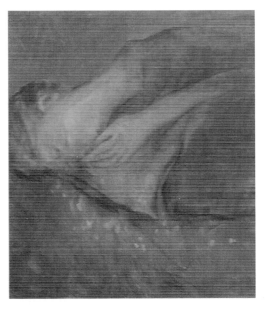

___들꽃처럼3 2009, oil on canvas 41x43cm

가짜

화려하게 전시하고 드러내는 건 다 가짜다. 내가 다니던 교회에
존경하는 장로님이 있었다. 그는 90세가 넘은 나이로 현재는 누워
있다. 그런데 그는 아픈 사람의 얼굴이 아니라 천상의 얼굴로 빛난
다. 보통 기도를 2~3시간 하며 천사와도 대화를 하는 사람이다.

그는 늘 자신을 드러내지 않고 자랑도 하지 않으며 웃기만 한다. 나랑 통한다. 오묘한 것이 있다. 몸이 짜릿짜릿한 게 있다. 정말 거룩함이 느껴진다. 그는 젊은 날 사탄 같은 일을 많이 했지만 깨달은 후 저렇게 됐다 한다. 그런 그가 나더러 장애인 대부가 되라 했다.

나는 이 장로 같은 사람 한 사람 한 사람이 계속돼서 내 영혼도 지속되고 있다고 생각한다. 이름도 없고 빛도 없어도… 그게 진짜다. 이름도 없고 빛도 없는 게 진짜다. 나도 전시하고 드러내고 다니지만 진짜가 아닌 부분이 있다. 나도 모르게 사기꾼이 된 부분이 있다.

오늘날 순수한 예술적 가치로 나가는 사람이 별로 없다. 옛날 표현주의 시대 그림은 대단했다. 사람들에게 현실을 고발했다. 유대인의 학살과 가스주입을 그대로 표현했다. 거기서 리얼리즘이 탄생한 것이다. 처음부터 그 사람과 살지 않은 것은 리얼리즘이 아니다.

기적

부정이 더해지다 보면 극한 부정에서 긍정이 찾아온다. 야곱의 삶을 좋아했다. 쟁취의 삶이기에, 이 산지를 내게 주면 십일조를 드리겠다 했던 사람이다. 이게 인간의 진솔한 이야기다. 진짜 자기 모습이다. 이것을 싹 씻어낸 다음에야 근원에 이를 수 있다. 대부분 사람은 욕심을 억제하려는데 야곱은 욕심낼 건 다 내버렸다.

아무리 선한 인간도 오욕을 가지고 있다. 욕심 끝에 가봐야 보이는 것이 있다. 본성이 다 드러난 다음에야 마지막 때에 이른다. 기적은 인간 에너지에서 일어나는 것이지 다른 게 아니다. 인간다운 본성을 알아가는 게 기적이다.

_벼랑 2015, Oil on canvas 160.2×130.3cm

우두머리 영

불행해지려 태어나는 인간은 없다. 누구나 일하고 사람 만나며 행복을 꿈꾼다. 하지만 이리 부딪치고 저리 넘어지며 상처투성이가 된다. 내 혼도 그렇게 다 부서졌다. 세 번의 자살 시도! 그때 죽었어야 했다. 아이러니하게도 '자살'을 거꾸로 하면 '살자'가 된다. 그래서 살았나 보다. 왜 살았을까? 우두머리가 있기 때문이다. 바로 영이다.

4살 때 죽었다 부활했다. 그때도 나를 살린 건 우두머리였다. 나는 계속 영을 추구했고 영적으로 자라고 있었다. 그러므로 나에게 더 이상 죽음은 없었다.

유체이탈 경험 후 천국, 지옥, 부활 5미터짜리 그림 3점을 시도했다. 공통점은 돌고 도는 원이 있다는 점이다. 천국, 지옥, 부활 3점 다 돌고 도는 시곗바늘이 있다. 과거, 현재, 미래가 사실 똑같은데 생각에 따라 바뀔 뿐이다. 그저 돌고 돌 뿐이다.

이것은 영적으로 읽을 때만 발견할 수 있다. 대단한 영적 발견이다. 그래서 천국, 지옥, 부활 작품 3개가 엄청나다.

_내 이름 2015, Oil on canvas 160.2X130.3cm

무소유

세상 모든 문제의 발현은 소유욕에서 나온다. 한정된 자원 중 내 것을 만들려니 힘들 수밖에 없다. 소유자들이 많으니 경쟁은 필수다. 무서운 사람들은 지식마저 내 것으로 간주한다. 남의 지식을 공격한다. 갈등이 유발되고 다툼이 일어난다. 이것이 세상 문제 발생의 유일한 메커니즘이다.

소유욕에 예술가들도 예외가 없다. 내 작품의 가치를 인정받고 싶어 하고 그에 따른 명예와 부를 소유하고 싶어 한다. 그래서 내 작품에 상응한 돈과 맞교환하려 하며 걸맞은 돈이 아니면 자존심을 부린다.

나도 소유욕이 있었다. 남들처럼 권력과 명예도 갖고 싶었고 돈도 만지고 싶었다. 장애아를 그리고 명성을 얻으면서 명예를 소유했다. 좀 더 진행되면 돈도 만질 수 있을지 모른다. 내 길의 끝이 어딜지는 오직 신만이 안다.

어느 새벽, 내 작품에 대한 소유욕이 대단함을 깨달았다. 내 것이 아니라 장애아들 것인데… 큰 깨달음을 얻었다. 세상에 내 것은 없다. 그러므로 우리를 위해 모두 내놓아야 한다.

섭리

절대적 주종관계에서는 은혜가 안 나온다. 그건 가짜다. 내 것을 다 주고 다 비웠을 때 그때 은총이 어마어마하게 쏟아진다. 그때 환생을 한다고 한다. 하지만 다시 굴러떨어지고 또 환생해서 현실의 때가 묻는다. 그렇게 은총이 쌓이고 쌓이면서 영적 지수가 올라가는 것이다.

문제는 우리가 어느 순간 한 지점에서 끝나버린다는 데 있다. 불교 개념이 아니다. 절대 그런 사고방식을 가지면 더 나아가지 못한다. 성경에 그렇게 쓰여 있다. 용어 가지고 우리는 혼란스러워하는데 그게 아니다. 우리 인간이 만들어낸 이야기일 뿐이다.

나는 여기서 만날 죽음, 죽음 이야기하는데 하나님은 네 갈 길이 있다, 코피 터져도 가야 한다, 네 목숨은 네 목숨이 아니다, 이제껏 너를 살리고 이제껏 네 마누라 만나게 한 것이 전부 내 섭리다, 라고 이야기하신다.

너 눈 병신 되고, 귀먹고 어렸을 때부터 대사명을 기다렸다고 하신다.

하나님 왜 나를 이렇게 했소? 항의하면 그것이 인간의 모습이다, 나를 믿는다는 사람들이 왜 이렇게 힘이 없어, 하며 다그치신다.

내가 너를 받들고 그랬으면 이것을 깨달았겠어? 내가 일이 힘들고 그랬으니까 깨달았지, 하신다. 하나님은 이렇게 나를 사람 만들고 가치를 만들어간다. 나는 진정한 하나님의 사랑을 믿기 때문에 걸음마다 눈물 자국, 핏자국으로 살고 있다.

하나님은 나에게 늘 이렇게 말씀하신다.

"네 일을 이뤄내기 위해서 너는 진짜 겸손해라. 어떤 길을 가더라도 겸손해야 한다."

사실 나도 진짜 좋은 것 먹고 싶고, 좋은 차를 타고 싶다. 하지만 그렇게 하면 몸과 마음이 부패하여 내 역할을 감당할 수 없다. 다 각자의 역할이 있다. 나에게 주어진 역할은 빛이고 등불이 되는 것이다. 나로 인해, 나의 가치를 위해 모든 빛을 발하는 삶이다.

내가 유혹에 흔들릴 때 하나님은 또 이렇게 말씀하신다.

"네가 받은 은혜가 너무 많으므로 너는 그것을 돌려줘야 한다. 몇 년도 못 기다리냐? 못 참냐?"

"너무 가혹하지 않소?"

'욥기'에서 친구들이 욥의 죄를 탓했을 때 욥은 억울함을 하소연했다. 그때 하나님은 욥에게 이렇게 이야기한다.

"인간들이 알아먹지 못한 이야기를 너는 나하고 이야기하면 되지 않냐? 너는 왜 그렇게 인간을 보면서 이야기하고 싶어 하냐? 네 육이 언제 끝날지 모르지만, 천상이 너를 기다리고 있지 않냐? 내가 너에게 확신을 갖게 해주마. 두려워하지 않는 확신."

내가 잘못된 길로 가려 할 때 영적으로 방향을 틀 수 있도록 기도의 용사가 필요하다. 지금 당장 현실에서는 하나님도 어쩔 수 없다. 저 자식을 멸망시킬 수도 없다. 그것을 촛대 삼아서 나를 보게 할 뿐이다. 그러니 나는 기도의 용사를 부른다.

이 모든 것들은 내가 10년 이상 기도하면서 엄청나게 든 생각들이다.

긴 나의 일기 낭독이 끝났다. 실존자가 나의 일기를 평가한다.

"새벽에 깨달은 삶의 철학적 사유가 대단하군. 뭔가 세련되지 않은 것 같으면서도 깊이가 있는 게 자네 작품을 닮았어."

"이 생각들이 곧 나의 미학이라 할 수 있소."

실존자가 내 말에 이의를 제기한다.

"자네의 철학적 사유가 훌륭하지만 미완성인 부분도 보이네."

"그게 뭐요?"

"자네의 철학을 살펴보면 뭔가 진리에 접근하려 노력한 흔적이 보여. 대단한 영성도 느껴지고. 자유 이야기니, 우두머리 영 이야기는 아무나 할 수 있는 이야기가 아냐. 최소한 자네는 그것의 일부분, 아니면 어느 영역까지 체험한 것이 확실해 보여. 하지만 말일세, 이것 역시 일리는 있지만 자네의 주관적 체험이란 말이지. 전체를 다 본 것은 아니야."

"그럴 수도 있겠지요. 내 생각 중 어느 부분에서 그런지 알고 싶소."

"자네가 자유함에 대해 이야기했지. 진정한 자유에서 진리가 나온다고. 그런데 세상도 종교도 구속돼 있어 자유하지 못하다고."

"맞아요."

"세상에 그 정도 지식을 말할 수 있는 사람은 흔치 않아. 자유에서 진리가 나오는 것은 분명 맞는 말이야. 그건 나도 인정하지. 성경에도 진리에서 자유가 나온다고 하잖아. 진리에서 자유가 나오니 자유하면 당연히 진리를 얻을 수 있겠지. 하지만 말이야. 내가 그 지식을 알고 있는 것하고 내가 그 지식대로 행하고 있는 것은 또 다른 문제지."

"좀 더 구체적으로 설명해 주시오."

"자유에서 진리가 나온다는 지식을 깨달은 것은 분명 어떤 정보를 종합해 나타난 현상일 거야. 내 머리에 지식이 들어온 거지. 하지만 이 상태를 내 것이라 단정하긴 힘들어. 이 지식이 정말 내 것임을 확인하려면 이제 그 지식이 내 속에서 나가고 있는지 확인해야 해. 즉, 정말 내가 자유함을 바깥으로 표출하고 있어야 한다는 이야기지. 만약 표출하고 있다면 이제 그 지식은 정말 내 것이라 할 수 있지. 예를 들어 혼자 있을 땐 누구나 자유롭지. 구속하는 사람이 없으니. 하지만 두 사람 이상이 모일 때 자유함이란 개념은 어려워지기 시작해. 나도 모르게 상대에게 자기주장을 하면서, 또는 상대를 의식하면서 구속이 생기기 시작하거든. 그런데 두 사람 이상이 있는데도 자유함을 느낀다면 그건 진짜 자유함이라 할 수 있지."

"일리 있는 말이오."

"만약 두 사람이 정말로 서로를 구속하지 않는 상태라면 진정 자유함을 느낄 수 있을 거야. 이것이 성립하기 위해서는 반드시 필요한 조건이 있는데 바로 상대 존중이야. 서로를 있는 모습 그대로 존중하는 마음이 있어야 내 주장도 하지 않게 되고 상대가 눈에 거슬리는 일도 없게 되지. 상대의 있는 모습 그대로를 존중하는 거니까."

"그런 기준이라면 아예 서로를 모르거나 무시해 버려도 자유로울 것 같은데요. 서로 모르는 두 사람끼리는 구속할 이유가 없어지잖소."

"언뜻 보기에 그리 보여도 그건 좁은 시각으로 본 무리한 설정에 불과해. 생각해 보게. 한 사람이 태어나 아무도 아는 사람 하나 없이 혼자만 살아갈 수 있는지. 산속에 들어가 혼자 살지 않는 한 그런 일은 일어나지 않지."

"생각해 보니 그렇네요. 통찰력이 대단합니다. 생각해 보니까 나는 입으로는 자유함을 외치면서 행동으로는 아내를 구속하는 일이 많았던 것 같소. 그것도 심하게! 내 주장만을 신랄히 외치면서!"

나는 아내를 생각하자 다시 가슴이 북받쳐 올랐다. 지나간 내 못난 행동을 생각하니 목까지 메었다.

인식

_웃는 것 2015, oil on canvas 160.2X130.3cm

그제야 나는 실존자의 존재를 인식한다.

"저는 어떻게 해야 하나요? 그보다 당신은 누굽니까?"

지금까지 많은 이야기를 나누면서 정작 그의 실체는 전혀 모르고 있었다. 육체를 가진 사람은 영혼을 볼 수 없지만 영혼끼리는 서로 볼 수 있다. 영혼도 홀로그램처럼 형체를 띠기 때문이다.

그러나 내 영혼의 모습으로도 실존자의 모습은 볼 수 없다. 아마도 그는 영혼 차원보다 더 위에 있는 존재임이 분명했다.

"내가 누구인지 궁금하나?"

"네, 당신은 뭔가 인류의 비밀, 지구의 비밀을 알고 있는 것 같소."

"하하, 그런 거창한 것은 몰라도 자네 영혼의 비밀 정도는 알고 있지."

"뭐라고요? 내 영혼의 비밀이요? 그게 뭐요?"

내 가슴이 뛰기 시작했다.

"안타깝지만 그건 내가 알려줄 수 없네. 자네 영혼이 스스로 깨달아야 하는 부분이기 때문이지. 이건 우주와 자연의 섭리이니 이해해주게."

부푼 가슴은 이내 꺼져버렸다. 나는 실존자에게서 직접적인 답을 얻긴 힘들다 판단해 우회적인 질문으로 돌렸다.

"좋소, 그러면 내가 어떻게 해야 내 영혼의 비밀을 깨달을 수 있소?"

"가장 좋은 방법은 자네 육신의 삶을 반추해 보는 거야. 사실 그래서 지금 자네 인생의 파노라마를 영화와 일기로 보여주고 있는 거고…"

실존자의 말에 고개가 끄덕여진다. 이제야 왜 내 영혼이 유체이탈되었는지, 왜 내 삶의 영화와 일기를 보여주는지 알게 된 것 같았다.

"인간들은 행운 빌기를 좋아하지. 하지만 자연의 섭리에 행운이란 단어는 존재하지 않아. 인간이 만든 허상일 뿐이지. 자연은 신의 계획에 의해 한 치의 오차도 없이 돌아가지. 만약 한 치의 오차라도 생기면 지구는 파괴되고 우주도 폭발하게 돼. 그런 면에서 지금 부는 바람 한 점도 이유 없이 부는 바람은 없어."

"그 말은 제 인생에 일어난 일도 다 이유가 있어 일어났단 이야기잖소."

"역시 자넨 똑똑해."

"그렇다면 내 누이는 왜 죽었고 아버지는 왜 죽었을까요? 왜 내 주변에 죽음이 이리 많았을까요?"

나는 그 순간 목이 메 말을 잇지 못한다.

"잘 생각해보게. 자네 주변에 왜 그리 안타까운 죽음들이 많았는지?"

나는 정말 그 이유를 알고 싶었기에 머리를 쥐어뜯기까지 한다.

"일기를 보면 자네는 이미 죽음의 비밀에 대해 알고 있는 것 같았는데…. 아무래도 이상 속의 죽음과 현실 속의 죽음은 차이가 있는 법이지. 죽음에 대한 높은 철학들이 있긴 하지만 현실의 죽음은 아직 인간이 풀지 못한 수수께끼라 할 수 있어. 인간들은 아직 죽음의 본질이 무엇인지 정확히는 몰라. 그러니 죽음 앞에 그저 상처받고 슬퍼할 수밖에 없지."

"죽음의 본질이요?"

"맞아, 죽음의 본질! 어쩌면 자네는 이에 대한 사명을 갖고 태어났는지도 몰라."

아아! 실존자의 말에 내 가슴은 뛰기 시작한다. 뭔가 내 영혼의 비밀 한 조각이 벗겨지는 느낌이 훅 스쳤기 때문이다. 죽음의 상처가 곧 5·18의 상처로 연결되었다. 그리고 5·18의 상처가 장애아들을 만나게 해주었고. 나는 그 장애아들을 통해 5·18의 상처를 꿰매고 죽음의 상처까지 치료받고 있다. 이것은 공간으로 치면 마치 그물처럼 얽혀 있는 관계요, 시간으로 치면 시곗바늘처럼 돌고 도는 관계다. 아아! 이제야 내 인생의 비밀이 한 꺼풀 벗겨지고 있다.

내 의문은 전시회로 확장된다.

'그렇다면 시골구석에서 장애아만 그리던 내가 세계적인 전시회를 하고 다니게 된 것은 어떻게 설명할 수 있단 말인가.'

실존자는 이미 내 생각을 읽고 털털 웃으며 말한다.

"하하, 자네가 그걸 깨달을 때 자네 내면의 트라우마는 한 층 더 치료될 수 있을 걸세."

웃음 2015, oil on canvas 160.2X260.6cm

실
존

나는 점점 더 실존자에게로 빠져든다. 그는 왜 내 인생에 관심을 가지며 조언을 마다치 않을까? 그는 도대체 누구일까? 혹 그동안 나를 움직이던 신이 아닐까? 하지만 신이 이토록 나 같은 일개 개인과 깊은 이야기를 나눌 수 있을까. 그럼 신이 보낸 대리자?

머리가 실타래처럼 얽혀 있는 사이 실존자가 다시 말을 걸어온다.

"자네는 지금 인생 최고의 전성기를 누리고 있지?"
"과거와 비교하면 그렇다 할 수 있겠지요."
"신이 왜 자네에게 이 같은 성공을 허락했다고 생각하나?"
"그건…."

나는 골똘히 생각해 봤다. 왜 나에게 이런 기적 같은 일이 벌어졌을까? 솔직히 지금 내 마음은 여전히 고프다. 내 그림으로 더 큰 일을 하고픈 꿈이 끝도 없이 피어오르고 있다.

"세상의 모든 일에는 음과 양이 동시에 도사리고 있지."

"음과 양이라요?"

"맞아, 빛과 그림자가 있게 마련이라는 거지. 지금 신은 자네를 높은 위치에 올려놓으면서 시험을 하는 거야."

"시험이요?"

"그래. 사람은 누구나 높은 위치에 오르면 교만과 더 큰 욕심이 싹트게 되지. 자기가 잘해서 그 자리에 오르게 되었다 생각하는 거야. 자네 세계적 전시회를 하다 보면 필히 세계적 유명인사들을 많이 만나게 되잖나?"

"그야 그렇소만."

"당장 보기에도 이낙연 총리, 오준 대사, 반기문 사무총장… 등 대단한 인물들이 등장하는 것 같더군. 일을 추진하다 보면 그 사람들과 사적으로 연락해야 할 때도 있을 테고…. 대개 인간이란 말이야, 속물근성이 있어. 별 것 아니던 내가 대단한 사람들을 만나고 다니다 보면 우쭐해지기도 하고 나도 대단한 사람이 된 것 같은 착각에 빠지기도 하고…. 자네도 이런 속물근성에서 자유로울 수 없었을 것 같은데? 게다가 자네는 다른 화가들은 꿈도 꾸지 못하는 세계적 전시회를 하고 다니지 않았나. 유엔, 유네스코, 게다가 모든 화가들의 꿈인 루브르까지."

나는 속으로 반항심이 일었다.

"나는 성경의 인물 중 야곱을 특히 좋아하오. 인간 내면의 욕심을 숨기지 않고 그대로 드러내 버렸잖소. 나 역시 내면에 욕심이 전혀 없다고 하진 않겠소.

나 역시 속에 있는 말을 감추거나 돌리는 스타일이 아니오. 그래서 손해도 많이 봤지만 그래도 나는 솔직한 것이 좋다 생각하오.

시골 촌놈이던 내가 처음 유엔에 전시했을 때는 개천에 용 났다는 느낌을 받은 게 사실이오. 드디어 내가 인정받는구나! 맞아요. 난 지금보다 더 큰 전시를 하고 싶은 욕심이 있소. 그게 잘못된 건 아니잖소. 또 내 욕심은 내가 높아지고자 하는 욕심이 아니라 우리 장애아들을 더 크게 높이고자 하는 욕심이요."

나의 대답에 실존자는 조금 차가운 목소리로 묻는다.

"자네 속을 좀 더 깊이 들여다보게. 그럼에도 불구하고 모든 스포트라이트는 자네만 받고 있지 않나? 심지어 자네 아내보다도!"

"흠, 그런 부분이 없었다고 할 순 없겠지만 적어도 나에겐 장애아들의 철학을 세계에 알리고 싶은 부분이 더 강하오. 그런 점에서 내 속물근성은 다른 이들보단 덜하다고 생각하오."

"그건 인정해 주겠네. 그런데 왜 자네는 더 큰 전시회를 꿈꾸고 있나? 이미 전 세계에 자네 그림을 알렸지 않나."

실존자의 질문에 머리가 복잡해진다. 내 속에 피어오르는 끝없는 욕구의 정체는 무엇일까? 그때 나도 모르게 속에 있던 것이 툭 튀어

나왔다.

"물론 100%라 장담할 순 없겠지만 내가 더 큰 전시회를 꿈꾸는 이유는 정말 장애아들의 세계와 철학을 세계에 알리고 싶었기 때문이오. 그러지 않았다면 어떻게 '김근태와 5대륙 장애아동전'이란 전시회를 기획하고 또 전시회마다 장애아들의 그림을 함께 전시할 수 있었겠소!"

실존자의 대답이 이어졌다.

"좋아, 그런 자네의 진심을 인정해 주겠네. 대신 자네가 장애아들보다 더 높은 위치에 올라가서는 안 된다는 것을 명심하게. 늘 장애아들을 더 높여주는 그림이 되어야 하네."

순간 유엔 전시 때의 기억이 가슴 먹먹히 파고든다. 그때 전시를 마치고 그림의 주인공이었던 장애아들을 찾아갔었다. 그런데 몇몇 아이들이 이미 저세상으로 갔다는 것이 아닌가. 얼마나 통곡하며 울었는지 모른다.

나는 정말 장애아들에 대해 일말이라도 양심의 가책이 없는가. 왜 더 큰 전시회를 하고 싶어 하는가? 실존자의 말대로 장애아들 앞에서는 마지막 내 욕심 하나까지도 절제해야 한다. 그 마음을 먹는 순간 실존자가 아주 부드러운 말투로 이렇게 말해준다.

"자네는 장애아들을 통해 비로소 자네의 본질을 보게 되었네. 자네는 똑똑하게 태어났어. 잘난 줄 알았지. 하지만 사실 자네의 본질은 장애아와 같았어. 우리 사회에서 장애아란 가장 밑바닥에 있는 존재로 취급받지 않나. 그래서 자연은 자네의 본질을 깨닫게 해주려 온갖 시련과 상처를 안겨주었던 거야. 실제 자네는 한쪽 눈과 귀까지 먹지 않았나. 자연은 자네가 장애아임을 깨닫게 해주려고 장애아의 위치까지 떨어뜨리려 온갖 수법을 부렸던 거야.

인간의 상처는 동질감을 느낄 수 있는 집단에 가서야 비로소 치료함 받을 수 있지. 자네는 자네와 동질인 장애아들을 통해 비로소 치료함을 받을 수 있었던 거야. 하지만 그건 일시적 치료일 뿐이지. 어둠은 어둠을 없애는 노력만으로 없어지지 않아. 빛이 들어와야 비로소 사라지는 거지. 그때 사랑의 빛으로 자네에게 찾아온 이가 바로 하나님이야. 그런데 하나님이 눈에 보이나? 보이지 않지. 하나님은 어떻게 찾아오는지 아나? 바로 내 주변 사람의 모습으로 찾아오는 것이라네. 이건 자연의 법칙과도 연관돼 있어 하나님도 피할 수 없는 방법이지."

그제야 나는 무릎을 쳤다. 아아! 내가 상처와 분노의 늪에 빠져 허우적거릴 때 인간의 모습으로 다가온 나의 하나님은…. 바로 나의 아내, 최호순일 수도 있다는 생각이 스쳤다. 내가 전과 14범의 난동을 부릴 때도 끝까지 옆에서 지켜주었고, 내 영혼이 바닥을 치고 있을 때 하나님께로 인도해주었던 그녀가 아닌가.

나도 모르게 무릎을 꿇었다. 그리고 하염없이 따뜻한 눈물을 쏟아내고 또 쏟아냈다. 그것은 나에게 하나님으로 온 아내에게 속죄하는 행위이자 감사의 표시이기도 했다.

실존자가 조용히 나를 일으켜 세웠다.

"자연은 자네의 재능을 통해 사회의 가장 밑바닥에 있는 장애아들의 얼굴을 세상에 알리는 역할을 하도록 만들었어. 그로 인해 치유함 받는 장애아, 장애아 부모들이 점점 많아지도록 하기 위함이지. 나아가 장애인에 대한 사회적 인식 혁명의 출발점이기도 하고…. 비로소 어둠에서 빛으로 나아가는 순간이야.

신은 인간의 지휘고하를 막론하고 누구에게나 공평하게 1인당 1의 가치를 부여하고 있어. 만약 한 사람이 자기를 위해서만 산다면 가치는 1밖에 안 돼. 그런데 만약 한 사람이 다른 사람을 위해 산다면 1+1=2가 되어 2의 가치로 상승하지. 만약 한 사람이 두 사람을 위해 산다면 1+2=3이 되어 3의 가치가 되고 한 사람이 세 사람을 위해 산다면 1+3=4가 되어 가치가 더 상승하게 되지. 만약 한 사람이 우리 사회를 위해 산다면 어떻게 될까? 그 가치는 매우 커지게 되겠지.

그런 면에서 자네의 장애아 세계 전시는 큰 의미가 있어. 자네의 전시로 인해 세계의 수많은 장애아들이 살고 그 가족들이 살고 나아가 그 그림을 보는 사람들까지 살게 되잖나. 그렇게 살아나는 사람들이 점점 많아져 가면 장애인에 대한 사회적 인식도 바뀌게 될 날이 올 수 있을 거야. 자네의 그림으로 인해 파생되는 가치가 무한 상승하고 있는 셈이지.

자연에는 '이익 반사의 법칙'이란 게 있어. 내가 상대에게 1의 유익을 보내면 그 유익이 상대에게 영향을 준 후 반사되어 다시 나에게로 되돌아와 나에게도 1의 유익이 생기게 하는 법칙이지. 마찬가지로 더 많은 사람에게 1의 유익을 보내면 각각의 반사가 나에게 되돌아와 내 유익도 더 커지게 되는 거고….

자네는 장애아들을 그리면서 일정 부분 내면의 치유함을 받았겠지만 이제 장애아 전시회를 통해 발한 빛이 반사되어 되돌아와 자네 내면을 꽉 채우고 있어. 더 많은 사람에게 영향을 주면 줄수록 자네에게로 반사되는 빛 에너지의 양은 더 커지겠지. 이 내면 에너지는 또다른 힘으로 자네 내면의 트라우마를 치료하는 힘이 되고 있어. 자네 내면의 트라우마는 전시회를 통하여 이렇게 계속 치료되어 가고 있었던 거야. 뿐만 아니라 자네 전시회가 날로 커지는 이유도 바로 여기에 있었고."

아! 이제야 실존자가 말하는 뜻을 이해할 수 있을 것 같았다. 그는 신이 내게 보낸 사자가 분명했다.

"이제야 무슨 뜻인지 알 것 같소. 내가 무엇을 조심해야 하는지도 알 것 같고…. 중요한 것은 더 깊은 신의 철학을 작품에 담아야 한다는 것도…."

＿자유 2020, oil on canvas 오일 파스텔 60.4x72cm

_별이 된 들꽃2 2020, oil on canvas 한지 72.5x60.5cm

6막

'나는 자폐아다
그러므로
자유로워질 것이다'

자
폐
아

나는 실존자로부터 더 깊은 깨달음을 얻기 원했다. 하지만 영화의 엔딩과 함께 실존자는 내 곁을 떠나버렸다. 내 영혼은 다시 육신으로 돌아왔다. 아! 이제 나는 홀로 더 깊은 작품의 깨달음에 도달해야 한다. 실존자는 떠나기 전 마지막 질문을 남겼다.

"자네는 왜 5·18 그림은 그리지 않는가?"

아! 5·18 그것은 나에게 큰 트라우마를 준 사건이요, 기피 대상이었다. 그런데 어떻게 5·18을 그릴 수 있단 말인가.

이는 나의 트라우마가 아직 완전히 치료되지 않았음을 뜻했다.

나는 여전히 5·18에는 손도 대지 못한 채 장애아들 그림만 그려나가고 있었다. 그 사이 장애아들과 합일되는 체험을 했다. 나의 일기에 소개했던 것처럼 나와 장애아들이 더 이상 둘이 아닌 자타불이(自他不二)의 경지에 도달한 것이다.

원래 한쪽 눈과 한쪽 귀는 사고로 잃은 상태였다. 그런데! 나머지 눈과 귀마저 멀어지기 시작했다. 보이던 시야가 흐릿해진다. 들리던 소리가 잘 들리지 않는다. 교통사고의 후유증이 깊어진 탓일까? 아니면 장애아들과 완전히 하나 되기 위한 과정일까?

나는 나의 장애를 무덤덤하게 받아들였다. 아니, 보이지 않으니 더러운 것 보지 않아서 좋았고 들리지 않으니 지저분한 것 듣지 않아서 좋았다. 오히려 작품에 대한 몰입도가 더 깊어졌다.

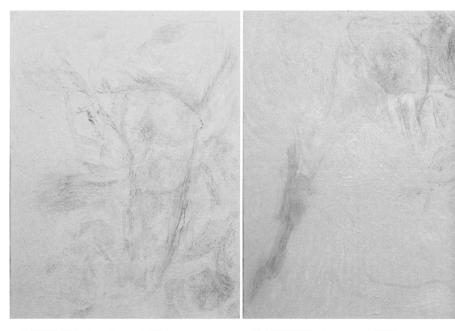

___ 빛속으로7 2016, oil on Canvas 91X117cm ___ 빛속으로8 2016, oil on canvas 91X117cm

나의 작품도 내 눈과 귀의 상태에 걸맞게 희미해져 갔다. 하지만 작품의 깊이는 영적으로 더 깊어졌다.

보이고 들리는 사람들은 보이지도 들리지도 않는 세계의 신비를 모른다. 그 세계에서는 육적 감각보다 영적 감각이 더 발광한다.

나는 장애아들과 합일을 이루면서 나 자신이 자폐아임을 어렴풋이 깨닫고 있었다. 자폐아들은 오직 자기밖에 모른다. 다른 사람을 의식하지 않으니 거기에 자기 세계밖에 없다. 나 역시 나의 세계 속에서만 이기적으로 살고 있었으니 자폐아다. 그러나 나는 진짜 자폐아들만큼 완전히 다른 사람으로부터 자유롭지는 못하다. 진짜 자폐아가 되기 위해 좀 더 깊은 영적 철학적 깨달음이 필요했다. 나는 더욱 새벽에 매달렸다. 기도에 몸부림쳤다. 나의 이마에 땀이 흐르도록 기도했고 땀이 핏빛이 되도록 부르짖었다.

그리고!
놀라운 일이 벌어졌다.

빛
속
으
로
!

__빛속으로12 2016, oil on Canvas 91X117cm

전시회는 계속되고 있었다.

2019년 4월, 예술의 전당 한가람 미술관에서 열린 김근태 개인전 '들꽃처럼 별들처럼'은 장관이었다. 100미터 그림뿐 아니라 세계적인 미디어 아티스트 이이남 작가와의 콜라보로 대형 설치작품 1개도 선보였다. 또한 지적 장애인 예술가 5인(권한솔, 금채민, 박혜신, 양시영, 이다래)의 작품도 함께 해 좋았다.

전시회가 넓고 깊어질수록 나는 더욱 고뇌한다. 비로소 '나는 자폐아다, 나는 자유로워질 것이다'의 비밀을 깨달았지만 아직 해결해야 할 문제가 있기 때문이다. 그 순간까지 나의 질주는 멈추지 못한다. 이번 전시회의 가장 큰 의미는 비록 먹으로 그렸지만 처음으로 5·18을 그렸다는 점이다. 나는 이번 전시회에서 5·18 그림을 이이남 작가의 비디오아트 빛 속에 그려 넣었다.

지금까지 오직 지적장애아 한 길만 걸어왔으나 이제 진실이 점점 더 가까워져 옴을 느낀다. 이전 전시회에서 5·18을 그리긴 했으나 그건 먹으로 그린 그림이었다. 먹이란 아직 내 가슴에 5·18 상처가 완전히 치유되지 않았음을 상징하는 색이었다.

아! 5·18. 그것은 내 트라우마의 끝이요, 내 구속의 시작이었다. 어쩌면 진실은 거기서 태동했는지도 모른다. 나는 여전히 그 진실을 숨기고 싶었다. 하지만 나 스스로가 자폐아임을 깨달았고 그러므로 나는 자유로워질 것이라 선언했기에 이제 5·18로부터도 자유로워질 시간이 가까워져 오고 있었다.

예술의 전당 전시 이후, 나는 감히 용기 내어 5·18에 붓을 꺼내 들었다. 5·18 콜라보 작품전에서 나는 지적 장애인을 먹으로 칠했지만 진짜 5·18은 적색으로 그릴 것이다. 그것은 내 기억에 불같은 색으로 남아 있기 때문이다. 그러나 한 점 그리고 더 이상 그릴 수가 없었다.

＿먹으로 그린 5·18 그림들

핏빛 사람들 2020, 한지 채색 106X80cm

나는 자폐아다 그러므로 나는 자유로워질 것이다

세계를 향한 나의 이상!

5·18에 고민하던 어느 새벽, 영감이 떠올랐다. 내 영혼은 흥분으로 마구 날뛰었고 기쁨으로 춤추었다. 나도 모르게 감회의 글을 썼고 글은 춤추듯 다시 글을 써내었다.

그래서 5·18이 아프지만 아름답습니다

'오월의 눈물, 그 후', '2000 군무의 비상'이 시작되었다
역사를 아름다운 스토리가 있는 예술로 표현,
시대의 고뇌와 아픔 그리고 아름다움을 표현한다
그래서 5·18이 아프지만 아름답다

꽃이 꺾어진 아픔이 가시기도 전에
폭동이라고 길거리에 던져지고
밟히고 또 밟히며
40돌!

정말 미안해요
나만 살고자 도청 담 넘어왔던
5월 26일 저녁 7시
그날부터 나는 죄인이었소
죽지도 못하고 나는 밤마다 불나방이 되어 헤매는 영혼이었소
살아도 산 것이 아니고 죽고 싶어도 죽지 못하는
나는 땅을 밟지 못하는 떠도는 영혼이었소
정말 미안하오

김근태는 한 눈을 잃었지만
그림은 잃지 않았소
김근태는 눈을 잃었다고 탄식하지도 않았소
사람들과 소통을 못 했을 때
슬퍼했을 뿐이오
청각을 거의 상실했을 때도 마찬가지였소
그때 김근태는 그림을 그리는 데 새로운 방법을 찾았소
눈과 귀를 의존하지 않고 마음으로 작품을 만들기 시작한 것이오
그렇게 해서 작품 '오월의 눈물, 그 후'가 탄생하였소

토우는 1000인
(5·18 민주화 항쟁하신 분. 5·18 사상자. 생불자. 소각자. 살아남은 자)의
군상을 흙으로 빚어
상처 분열 아픔을 치유하고 싶었소

나아가 비상과 자유하는 마음을 더하고 싶어
한 편의 단편영화처럼 영상으로 구현하였소
아름다운 별이 되어 하늘에 있는 영혼들을 상징하는 한지조형
1,000인이 밤하늘의 별이 되고 달이 되어
5·18 정신으로 은하수를 이루는 것!

이제 희끗희끗한 할아버지가 되어
지난 23살 청년 시절 총 들고 민주주의를 지켰던
도청 문지기 그 자리에 2,000인 군무를 만들어
늦게나마 동지들에게 드리고 싶어
40년 동안 소쩍새는 그렇게 울었나 보다

나는 자폐아다 그러므로 나는 자유로워질 것이다

　　2020년 5월, 이 전시회에 토우 1000인과 한지 조형 1000인을 만
들었다. 죽은 자, 생불자, 소각자 수를 상징하는 수이다. 상처와 아픔
이 치유되고 5·18 정신이 무수한 별들로 승화되어 빛이 되길 바라는
마음으로 영상 미디어와 협업할 것이다.

　'나 자신에게 주는 선물이자 당신들에게 드리는 작품입니다.'

나는 자폐아다 그러므로 나는 자유로워질 것이다

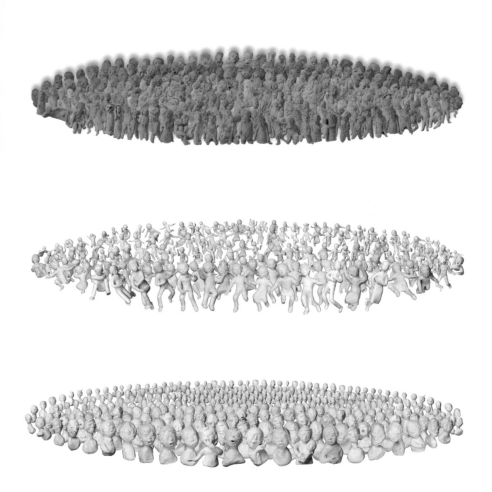

_5·18 40주년 기념전시회에 선보이는 한지조형과 토우 작품들

이전까지 장애아가 내 모든 예술세계를 지배하고 있었다면 이제부터 내게 있어 장애아도 5·18도 자유와 진리를 향해가는 거점으로 작동한다.

지금 나는 미친 듯이 5·18 작품을 그려내고 있다. 이와 함께 나는 5·18 트라우마를 떠나보내고 장애아들과 그랬던 것처럼 5·18과도 합일을 이룰 것이다. 나아가 갈등과 반목의 5·18을 사랑과 화합의 5·18로 승화시켜 우리나라는 물론 세계에 알릴 것이다. 여기 내가 사랑하는 수많은 5·18 작품들이 그것을 증명할 것이다.

_어머니 2020, oil on canvas
46X53cm

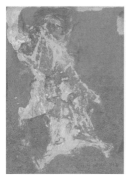

_빛이 된 시1 2020, oil on canvas 43X53cm

_빛이 된 시2 2020, oil on canvas 43X53cm

_빛이 된 시3 2020, oil on canvas 43X53cm

작업에 매진하고 있을 즈음 한 통의 편지가 날아들었다. 그는 얼마 전 나의 작업실을 다녀간 베를린의 한 글 작가의 편지였다. 나는 편지를 읽어나가며 괜히 가슴 뭉클함을 느꼈다. 내 작품에 대해 이 정도로 감정을 묘사하는 사람은 희귀했기 때문이다. 그것도 먼 독일에서 어렵게 편지까지 보내다니!

2019년 김근태 작가의 작업실을 방문하고….

전시와 텔레비전을 통해 잘 알려진 김근태 화가의 작업실에 갔을 때는 이미 늦은 저녁이었습니다. 그전에 우리는 화가와 그의 부인 최호순 여사와 함께 하루 종일 시간을 보내는 영광을 누렸습니다. 그들은 자신이 살고 있는 목포시를 보여주었지요. 그리고 마침내 우리가 꼭 보고 싶었던 작업실에 도착했습니다.

건물에 들어서자마자 긴 복도가 우리를 기다리고 있었는데, 복도 왼쪽으로 다른 공간들이 이어졌습니다. 복도에서부터 벌써 벽에 기대어 놓은 큰 폭의 그림들을 볼 수 있었고, 그 앞에는 작은 그림들이 포개져 있더군요.

큰 그림들의 규모는 약 3미터 정도 되는 것 같았어요. 저는 회화 전문가는 아니지만, 모든 그림에서 매번 한 가지 색이 두드러진다는 것이 금방 눈에 들어왔어요. 대부분 매우 부드러운 색으로, 보수된 후 경탄하는 관람객들에게 모습을 드러낸 로마의 시스티나 성당의 그림들을 떠올리게 했습니다. 그 색깔들은 파도치는 색채의 바다에 둘러싸인 듯한 느낌을 주었어요.

모든 그림에서 대상들의 형태를 바로 알아볼 수는 없었고, 형상들은 그림자처럼, 안개 뒤에서 사라지고 있는 듯했습니다. 마치 너무 강하게 나타나거나 너무 강력하게 세상에 존재하기를 거부하듯 말입니다.

눈에 보이는 형상들은 대부분 원형이나 타원형이었습니다. 그것은 종종, 아니 언제나 장애를 가진 아이들의 얼굴이었습니다. 모든 그림에서 저는 그 분위기를 해석할 수는 없었어요. 많은 아이들은 황홀감을 표현하는 것처럼 보였고, 전적으로 그 순간에 몰입해 있는 듯했습니다. 이성이나 계산, 숙고에서는 멀리 떨어진 채 말이지요. 그림 중 하나에서는 목과 머리만 보였는데, 얼굴은 하늘을 향해 솟아 있었습니다. 보는 사람은 열린 입과 그 안에 있는 이빨, 콧구멍과 눈을 볼 수 있었지요. 그것은 도취감을 표현하는 것처럼, 오로지 아이에게나 가능한 방식대로 행복하게 보였습니다.

노란색, 빨간색, 녹색이 지배하는 다른 그림은 한 남자아이를 보여주었습니다. 그 아이는 자기 자신 속에 웅크리고 있는 듯이 보였어요. 그의 손가락은 비정상적으로 자라 있었지요. 소년은 구경하는 우리에게 보여주려는 듯 손에 나뭇잎 하나를 쥐고 있었어요. 그 아이는 몹시 집중해 있는 듯하면서도 약간은 불신하는 것처럼 보였습니다. 자기가 손에 쥐고 있는 것에 대한 우리의 생각, 혹은 그의 기형적인 손에 대한 우리의 생각을 두려워하는 것일까요?

그러고 나서 우리는 작업실에서 가장 큰 공간으로 들어섰습니다. 여기에도 큰 그림들이 벽에 기대져 있고 그 위에 작은 그림들이 기대져 있었어요. 작은 그림들은 대부분 얼굴, 초상을 담고 있었지요. 더 큰 그림들은 푸른색을 띠고 있는데, 거기에서 노란색, 초록색, 붉은색 얼굴의 윤곽이 삐쳐 나오고 있었어요. 모든 것은 바다의 파도와 물결 위에 떠 있는 듯이 보였습니다. 붉고 하얀 수련들이 그 사이로 해파리처럼 떠 있고, 물방울 하나가 태아 상태에 있는 인간을 보호하듯 둘러싸고 있는 듯했어요. 이 그림들 중 많은 것들은 서로서로 연관되고, 여러 작품 위에서는 알록달록한 꽃들을 볼 수 있었어요. 그것은 최근 작품들로 파리 유네스코 전시에서 전시되었던 것들이라고 김근태 화가는 설명해 주었답니다.

마지막으로 세 번째 공간에 들어가자 다른 모든 것들과는 분명하게 차이가 나는 그림 한 점이 눈에 띄었습니다. 저는 그 이유를 알 수 없었지만 그 앞에서 거의 쓰러질 듯 가까스로 서 있었어요. 그 그림은 즉각 저를 사로잡았어요. 저는 그 앞에 오랫동안 서서 발을 뗄 수가 없었답니다. 거기에는 여러 색깔들이 파도가 치듯, 홈을 파듯, 캔버스에 긁힌 채 표현되어 있었어요. 무수한 터치가 처음에는 마치 카오스를 만드는 듯했지요. 사람 신체의 흰 윤곽으로 둘러싸인 카오스 말입니다. 점차로 저는 그것이 무엇을 의미하는지를 알게 되었어요. 태아의 모습이 처음에는 무엇인지 의식하지 못했던 저의 인상을 확인시켜 주었어요. 저는 한 여인의 신체 내부를 들여다보았어요. 그녀의 장기, 심장, 동맥, 정맥, 근육, 힘줄, 그녀의 몸 안을 들여다보았는데, 그것은 외부를 향해 뒤집힌 채 보는 사람을 향하고 있었어요. 저는 거기서 제가 단어와 문장으로 깨달으려 하는 것을 이 분은 완전히 다른 방식으로, 자신만의 예술적인 방식으로 표현한다는 것을 알아차렸어요.

저는 아주 천천히 머뭇거리면서 그 그림에서 떨어져 나와 그 옆에 있는 흰색 아이 조각상을 만져보았습니다. 그것은 입을 크게 벌리고 있는 어린 남자아이 상이었어요. 그 아이는 팔에 안겨 있는 아기의 모습을 하고 있었지요. 제가 김근태 화가를 제대로 이해했다면, 어떤 준비된 조력자의 도움으로 이 많은 조각상이 생겨나는 것 같았습니다. 이 아이들 조각은 1980년 광주 학살 때 살해되고 2020년 5월 기념식에서 선보이게 될 사람들의 영혼을 표현하고 있는 듯합니다.

Albert M. Maurer aus Berlin
베를린에서 알베르트 M. 마우러

편지를 읽으며 동시에 나는 루브르 전시 때 나를 감동시켰던 파리 청년의 말이 떠올랐다.

"그래 당신 말이 맞아. 우리는 그들을 보고 무서워하고 슬퍼하지.

그러나 그들은 우리를 보고 기뻐하며 행복해해."

그리고 베를린 전시회 때 관람객의 축하편지 내용도 떠올랐다!

"독일의 기관과 협회가 이 전시회를 알게 되었으며, 김근태 작가와 그의 위대한 작품에 대해 더 많이 배울 수 있기를 바랍니다."

그리고 큰 격려를 해줬던 제네바 사무소장, 유네스코 사무총장, 프랑스 화가의 말 등 수많은 분들의 격려와 지지의 말들이 귓전을 스쳤다.

나도 모르는 사이 세계인들은 장애아들에게 관심을 보내고 있었던 것이다. 그렇다. 나와 우리 지적장애아들의 꿈은 세계로까지 나아가야 한다. 나는 더 큰 꿈을 꾼다. 이미 유엔 전시 때부터 우리나라가 장애인 국가임을 인식했다. 그래서 100미터 그림과 100미터 엽서의 DMZ 전시와 북한 전시를 꿈꾸었다. 이 꿈의 시발점으로 베를린 장벽에서 최초 100미터 그림을 펼쳤다. 목포 역부터 시작해 엽서 5만 장(100미터) 모집에 나섰다.

나의 시선은 단지 장애아, 5·18, 한반도에 머물지 않는다. 세계적인 프로젝트로 커진다. 이것은 신의 명령이다. 아직 한계는 있지만, 지금까지 신이 내게 허락한 자유와 진리를 가지고 세계를 돌며 전시회를 하고 싶다. 단지 그림만이 아니다. 예술적으로 대서사시를 만들고 싶다. 종합예술인 영화와 오페라를 만드는 역사의 기적을 보고 싶다. 사람들이 나더러 비현실적이라 놀려도 소용없다. 유엔 전시도 비현실적이라 놀리던 사람들이 다 떨어져 나갔다. 마지막에는 믿는 사람만 남는 법이다.

죽음만을 생각했던 내게 이런 원대한 꿈을 안겨준 장애아들에게 보답하고 싶다. 그들도 재능이 있다. 육안으로 보면 안 보이지만 영안으로는 보인다. 이 재능을 발견해주는 게 내 몫이다. 음악으로, 그림으로, 뮤지컬로, 영화배우로…. 가슴이 뛴다. 패럴림픽을 넘어 패럴예술 올림픽도 만들어주고 싶다. 또 그 모진 세월 나와 함께 해준 아내에게도 보답하고 싶다. 지금 내가 꾸고 있는 꿈이 곧 아내의 꿈이기도 하기 때문이다.

무엇보다 이러한 꿈이 세계의 장애인들에게, 나아가 세계인들에게 희망을 주는 것은 물론이고 그들을 실제적 자유의 길로 안내하고 싶다. 나는 이 꿈을 이루기 위해 오늘도 끝없는 세계적 전시회의 욕심으로 매진하고 있다.

내가 63년을 살아왔고 지금 0.1초에 살고 있다. 안과 밖은 허상이다. 그 너머 세계는 맑고 순수해야 볼 수 있다.

성경의 잃어버린 양 한 마리가 바로 장애인이다. 장애인을 구원할 때 진리가 완성될 것이다. 세계적 오페라의 완성 시점은 예수가 십자가에서 "다 이루었다"하는 시점과 일치할 것이다. 그리고 마지막 외침은 이렇게 끝날 것이다.

"나는 자폐아다 그러므로 나는 자유로워질 것이다."

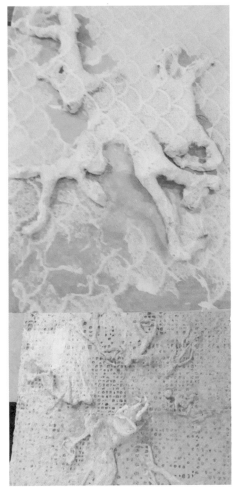

_별이 된 들꽃 2020, oil on canvas 한지 91X117cm